① 鄱阳斗凶妖

四海为仙

管平潮 ◎ 著

浙江文艺出版社
Zhejiang Literature & Art Publishing House

目录

第一章
奇山一卧，夜半人惊月华

张小言是名十几岁的少年，眉目清秀，两只眼睛黑溜溜，一看就是活泼跳脱的人。

他自幼生长于庄户之家，父母都是老实巴交的山民，在鄱阳湖饶州城外的马蹄山过着靠山吃山的日子。

和其他农家穷苦子弟相比，少年小言其实也没什么特别的。如果实在要说出点什么不同来，有一点倒是值得一提：张家虽然生活困苦，但父母都非常重视小言的学习，借着一次机会，让他跟着饶州城季家私塾的季老先生读书写字。

张家穷苦，交不起学费，他的父母只好尽力从自己口中省出些口粮，并时不时送些时令山珍野菜，当作给季老先生的报酬。

小言虽然进了私塾，可以读书了，但毕竟是穷苦人家的孩子，并不能像他的那些富家同窗那样，整天专心学习。他除了时不时要趁着自己在饶州城里上课的机会，顺便帮家里卖些瓜果野兔之类的山产土货，每天中午和傍晚，还要到南市口的稻香楼酒楼当跑堂，三文两文地给自己挣些零花钱。只有这样，他才买得起在私塾中上课所用的笔墨纸砚等文具。

小言所处的年代，天下刚刚从乱世中安定下来。

华夏大地经历了割据势力的长年战乱，人口锐减。无论是中下层官员，还是底层的老百姓，都对以前朝不保夕的日子心有余悸，人人渴望和平。

在这样的时代大潮中，反对武力、提倡清净的道教，开始在中华大地上流行。不仅道教的宫观香火日盛，就连尘世中的文人名士，也多以研究道家典籍为潮流时尚，当时的文人中便出了不少著名的道学家。

在这样的时代背景下，道家的玄学清谈之风便超乎想象地盛行开来。有些文人沉溺清谈，已到了废寝忘食的地步；更有甚者，有少数名士为了在清谈中出奇制胜，竟然彻夜苦思，以致累病甚至累死！

小言那位老师季老先生，也算是当地的文化名人，在这股全国性的清谈大潮中，自然也未能免俗。每当兴之所至时，老先生便会在授课之余大谈玄学。

不过，以小言当时的学识和兴趣，实在听不懂兴致勃勃的季老师在说什么。他呆呆地看着老先生那一开一合似乎永无停歇的嘴巴，脑袋里只祈祷着快点结束。他焦虑着怕赶不上稻香楼的短工，担心着去迟了又要被胖账房骂，恐惧着如此便要被铁公鸡刘掌柜借机克扣工钱……

小言的头脑中，诸多杂念纷至沓来，如白云苍狗，只不过没一样和课堂上的主题有关。于是，季老先生在讲台上舌灿莲花、玄之又玄，他的弟子张小言则在下面正襟危坐、神游天下。

不过在季老先生的演讲中，偶尔也会有一两个不是那么枯燥的故事，无意中被小言留意到。

某次季老先生提到，饶州城东的卫氏之子况嘉，体弱而好谈玄，一次约战渭水名士谢鲲，结果在通宵的辩论中，反被远道而来的谢鲲驳得口吐白沫，以致旧病发作而亡！

看着季老先生讲这事的时候，那一副"风萧萧兮易水寒"的悲凉模样，小言心中便万分警惕，提醒自己，以后可千万不能不及时睡觉哇。

当然，道教对小言来说，也不是完全没有接触。他在打短工时，偶然认识了一个叫清河的老道人。清河道人来头不算小，是现在名满天下的罗浮山上清宫派在饶州负责采购鄱阳湖特产的道士，他的那个落脚点叫上清宫善缘处。

清河道人年岁不小，一副清瘦的样子。因不常打理，他那几缕胡须日渐增长，积累下来竟也颇具规模，随风飘动之际，倒也有几分仙风道骨的样子。

两人认识之后，有些跑腿的事情，清河道人便交给小言去做。从他那里，小言时不时能得点辛苦费，倒也算从道教那儿得了些好处。

日子就这样悠悠然地过去。

小言每天都按照相同的路线，来往穿梭于马蹄山、季家私塾、上清宫善缘处，还有那打短工的稻香楼酒楼。

按照常理，等年纪再大一点，他爹爹老张头再老一点，开始做不动重活时，小言就应该继承马蹄山的祖产，在荒山野地里刨食，钻沟越岭地捕猎山物。当攒上点银钱，他就该娶山村附近门当户对的庄家姑娘做老婆。从此，他便会远离读书的私塾，远离饶州的繁华城市，成为在地里田头养育儿女的当家汉子。

也许，如果没有那件意外的发生，少年小言这一辈子会和张家的祖祖辈辈一样，按照这样的路线平平淡淡地度过，在此后的传奇里也就留不下一点儿痕迹。

那件改变少年小言一生的意外，发生在那个特殊的夏天。

那一天，正是暑气炎炎，他家在马蹄山上费心费力种植的枇杷树不知道怎的惹上了虫子。按理说，枇杷树自有一股清气，一般不容易生虫。只是这一天,老张头上山巡视枇杷林时,却发现树林中绕飞着一些从未见过的飞虫!

这一下,可把老张头急坏了!要知道,这片枇杷林可是他们全家衣食的主要来源啊。

他赶紧找来儿子和老伴,一起用手扑打飞虫。谁知道这些飞虫特别灵活,要彻底赶走并不容易。见此情形,三人只好改用衣物扑打,尽量把这些怪虫赶离枇杷林。

折腾了一整天,终于将枇杷林中这些怪虫赶干净了。

作为驱虫主力,小言一整天都在上蹿下跳,一天下来累得够呛。

到了晚上,他便叫爹娘先回家,自己懒得动,就在山上歇下了,正好看看那些坏虫还会不会再来。况且这样的夏夜中,在家里的茅草屋里睡觉十分闷热,还不如就在山上歇着,还清凉些。饿了还可以摘些野果充饥,正好省去一顿晚饭。

爹娘回去后,张小言就在山顶上那块他常用来歇脚的白石上躺下了。

这块白石乃是天然而成,外形和平时睡的床相似。

马蹄山虽然占地不小,但确实不高,并且林木稀疏,说实话只能算是荒山一座。老张头曾有心将它卖出去,想着换点银子好去饶州城边买一块水田,却始终无人问津,也就只好作罢。

马蹄山唯一值得一提的就是这块半截埋入土中的床形白石。石头有一人来长,小言正好能躺下。

白石表面比较光洁,虽然中间稍微有几处凸起,但即便躺久了也不能觉察出来。

这白石还有一个只有小言才知道的怪异之处。每次干农活累了,他都会躺在这个白石上睡觉休息,醒来后总觉得神清气爽,脑筋也似乎灵活了不少。甚至,他常常还有要大喊几声的冲动。

不过,也许这并不能算什么特别之处,在清凉的石头上睡觉,起来后恐怕本来就应该是这种感觉。心思细腻的小言怕说出来反惹别人笑话,所以从来没有跟其他人提过。

这天小言又在天然的白石上躺下时,一轮明月已跃于东山之上。在山野特有的清风中,他舒展着四肢,充分享受着白石带来的清凉。

过了许久,觉得有些无聊,他便静静仰望头顶上的满天星河。

看着头顶横贯天宇的淡淡银河,小言心中不由自主地想到那句谚语:"银河东西贯,家家吃米饭。"可惜的是,自己家里并没有出产稻米的良田。

躺在白石上的小言觉得总是看不够头顶这星汉天宇,仿佛每一天都有不同。

他看天上星辰时间久了以后,总觉得自己的目光,甚至整个身子,都要被吸引到神秘而无止境的星空中去了。

小言就这样躺着,一动不动。只有这个时候,才是他最快乐的时光,什么烦恼忧愁,都是明天的事情,现在都不用挂虑。

时间就这样慢慢流逝。月移影动,不知不觉中那轮圆月已移到小言头顶。雪一样的月华,似柔水般静泻下来,流淌在小言静卧的身上。

"今晚的月亮好圆啊……是不是又到十五了?回家后得问问娘去……"小言漫不经心地想着。

就在此时,他突然发觉身下的白石仿佛一时间有了生命,一股沛然之力正从身下霍然传来,猛地冲入自己的身体!

刹那间,舒适平躺的小言好像整个人被朝上抛飞起来,要飞进那无穷无尽、深不可测的宇宙星空深处……

"哎呀!见鬼啦!"小言的第一反应,便是觉得自己是遇到那些大人口中

吓唬小孩的恶鬼了。没想到自己从来不信世间有鬼，今天却得到了"报应"！

当然，世上是没有鬼的，只是小言这时被吓得够呛，难免胡思乱想。

当小言想到这里时，准备不再躺以待毙，他正要挣扎，却冷不防那原本柔弱无物的如水月华，突然间如有实质一般。雪白透亮的月光，直直地笼罩在小言所在的这方白石之上，仿佛原本充盈于整个天地之间的月之精华，一刹那间都聚集到了他所在的这块方寸之地，月光和小言身下白石带来的沛然之力，一起冲击着他的身体，汩汩然绵延不绝。

在这两股莫名巨力的牵扯下，小言只觉着自己似乎正被两只巨爪抓住，忽而被挤压，忽而被撕扯，整个身子好像都不是自己的了。他就像风暴中一片小小的树叶，翻滚不能自主。

但是不幸的是，他可不像树叶那般没有痛觉。一时间，小言只觉得浑身上下犹如万蚁噬肉，剧痛且奇痒；又好似整个人正跌落山崖，明知死路将近，却又无所凭借！

小言只惊得目瞪口呆偏又呼喊不出，想要逃离却又寸步难移！

小言那出乎意料顽强的神经，却让他在这非人的痛楚之下，还能余下一丝清明，他不禁想到："原来，我之前所过的那些悲苦劳碌的日子，是那么快乐幸福啊！"

正当小言以为自己这回就要像季老先生故事中所说的人那样"横死"当场时，在痛苦悲恐之余，他却渐渐发现那恐怖的痛痒已如潮水般退去，两股巨力现今已融到一处，恰似一股流水，在身体里缓缓流淌，却又绵绵不绝——他自己也不知道，自己怎会有这两种自相矛盾的荒诞感觉。

不过他已渐渐从恐慌中恢复过来。又过了片刻，他终于确定，刚才的苦难已经过去。因为，随着这股流水漫过身心，他浑身痛楚渐去，舒爽渐生。

随着这股清流一遍又一遍地冲刷着自己的身体，小言仿佛拥有了第三只眼睛。第三只眼俯视着白石上的张小言,看着他整个人渐渐变得澄澈、空灵……

也不知过了多少时候,静静地看着身体里那股流水的第三只眼随着流水的运转越来越趋于无形,最后终如山泉归涧般融入到四肢中去了,直到他再也把握不到——先是无形的流水,次第便是奇异的第三只眼。只是,身体里那一丝犹存的既醇厚又轻灵的余韵,让他久久难以释怀。

小言从起初的痛楚过渡到现在的难舍,已渐渐忘却了最初的惊恐,而是留恋于这种从未有过的感觉。于是小言便保持着相同的姿势,躺在已经恢复如常的白石之上,期冀着异象再度降临,却不知东方既白。

"小言那小子疯了!"第二天,饶州城里和小言相熟的人一大早便这样笑着众口相传。

也难怪,张小言第二天自打大清早回家开始,一直到在饶州城里活动,动不动就扯住熟人问同样的问题:"你昨晚瞧见东城外的白光没? 你看我今天是不是有啥不一样?!"

结果,对他这问卷调查,包括他父母在内的所有人一致给出了否定答案,并都对他投以怪异的目光。若遇到特别有爱心的人,小言还常常被摸摸额头,以确认他到底是不是在发烧!

无论是谁,都以为平时就有些古灵精怪的张小言,今天又在搞什么鬼把戏捉弄大家,所以大家便从来没这么齐心协力地合作了一回,似乎事先约好了一般,一同来否认小言的问题。

其实说是所有人,却要除去那个老朽的善缘处老道人清河。

当小言最后把恳求的目光投向老道人清河,问出同样的问题时,他的声音已经小上许多。因为在今早连番打击之下,小言的自信心都快被消耗干净了。并且更糟糕的是，现在连他自己都几乎相信，他昨晚真的只是做了个怪梦而已。如果再这样被否定下去，恐怕他也要认为是自个儿有病了。当他越看着青天白日时，这种想法便越加强烈。

事到如今，饱受打击的小言已经决定，如果这位和神仙也算拐弯抹角沾点边儿的老道人清河也否认，那便完全可以认定，自己昨晚的的确确只是做了个荒诞不经的怪梦而已。

看样子，清河道人似已在他这善缘处等了好久，一副守株待兔的模样。听小言出言相询，老道人便上上下下、神神秘秘地仔细打量了他一阵子，良久方才轻声说道："确实有些变化！"

哇！有变化！

失眠了大半夜的少年又折腾了大半天，历尽千辛万苦、受尽嘲笑讥讽，最后终于苦尽甘来，找到知音了！

清河道人这一句音量不高的话语，在小言那备受千篇一律回答折磨的双耳中，几乎如洪钟大吕般响亮可爱。

看着小言充满期待的兴奋劲儿，清河道人又一字一顿地缓缓说道："今、天、你、确、实、是、不、一、样——因为今天你特傻！哇哈哈哈哈！"

老道人说完便哈哈大笑起来。听着老道人仿佛能绕梁三日不绝的狂笑声，小言估计这老头儿已经憋了很久！

"我掐死你这臭道士！"小言闻言大恼，作势就要扑上去。只是，在舞舞爪之余，他心中已完全放弃，只淡淡地想道："哦，原来昨晚还真的只是个梦啊……不过这梦还真是怪咧，就好像亲身经历过一样！"

过了一阵，小言仿佛又想起来什么，对着正在闪躲的清河道人说道："大师啊！求求你就收下我做徒弟吧！就算你刚才嘲笑我的小小补偿吧！"

随着这个以前就被反复提及的日常拜师对话，少年张小言的生活好像又回复到了正常的轨道。他一早上的折腾，也只是被当作一个笑料，成为市井汉子们晚上纳凉喝酒时众多谈资中一个不起眼的下酒料。也许不出两天，这事儿便会被大家淡忘了吧。

只是，那一夜异动的白石和那奇异的月华，真会让少年张小言的生活再按原来的轨迹前进吗？

第二章
忘形笑语，娇儿不解炎凉

且说这日中午，小言正在稻香楼酒楼的桌椅之间来回穿梭，忽然听得在那酒楼嘈杂的喧闹声中传来一缕清冷干脆的女声，恰似清晨一滴晶莹的露珠在五彩晨光中摔碎在青石上。

"呀，这女孩的声音真是好听！"自认见多识广的小言不觉呆了一呆，赶紧在百忙之中支起耳朵，努力搜寻这串美妙的声音。

"风来隔壁三分醉，酒后开坛十里香！成叔，想不到这酒家还挺风雅。"

听女孩口音，明显不似本地人，倒颇像北地客商所说的官话。

正辨别间，又听一个苍老的声音笑道："不错，这对联挺有意思。也好，赶了这么久的路，就在这儿歇脚吧。"

估计这老者就是女孩口中的成叔了。老者话音刚落，便听一个粗豪的声音大叫道："小二！把我们的马卸下牵走，好水好草喂饱啰。"

想必，这粗豪的汉子应该是女孩和成叔的车夫。

"放心吧，您嘞！楼上雅座请咧！"楼下小二这一嗓子喊得也是够专业够悠扬的。

不知怎的，小言最近的听力变得越来越灵敏。即使离得这么远，尤其那苍老的声音着实不大,可在他有意静心凝神之下,即便在酒楼的喧闹纷扰中,他居然也能清楚地分辨出那段对话中的每个音节声调。

托这好耳力的福,听到那声音甜美的女孩正要上楼来,小言不免心中兴奋,赶紧借着给客人上菜的机会,努力往楼梯口蹭了好几步。毕竟,平常在这饶州小城里,很难见到啥新鲜出众的人物。

在小言期待的目光中,那个女孩和她的成叔,终于上到二楼,走到一个靠窗的雅座坐下。那个车夫没有上来,估计是身份低微,就在楼下大厅内胡乱用些饭食了。

见两人落座,小言赶忙上前招呼,熟练地问他俩要点啥菜。自然,顺便他也瞄了小姑娘几眼。

这一瞧,小言便发现,小姑娘不仅声音好听,长得也十分俏美,那一双眼睛清澈见底,透着一股子灵气,让她的整个容貌活泛了许多,浑身都充满了一种形容不出的青春味道。

再看那位大叔,声音听来虽有些苍老,但面容并不像想象中那样满脸皱褶。似乎这个大叔比较善于养生,看上去容光矍铄。

看完二人,小言开始在心底评价:"嗯,这女孩比街角的李小梅,还是要好看很多。这成叔,也要比清河老头儿精神上一大截,果然是大地方来的人哪。"

虽然心中胡思乱想,但手上活儿却丝毫没落下,小言当即便娴熟地向这两位外乡客人推荐了几道稻香楼的拿手好菜。

"咳咳,这位小哥儿——"

正当小姑娘对着一盘热气腾腾的红烧猪手异常兴奋、跃跃欲试时,忽听成叔出言相询。但小言正在出神,一时没听见,成叔又连咳了几声,这才把只顾瞅着少女憨态出神的小言拉回到现实中来。

"不知客官有何吩咐?"小言慌忙问道。

成叔并未责怪,和蔼地问道:"是这样的,小哥儿,你可知这附近有什么名胜古迹?特别是名山胜景什么的。我家小姐想在饶州附近游玩一番。"

"哈!您老问我可算问对人啦!"一听成叔这问话,小言立时来了劲儿,"别的不敢夸口,单说这饶州城的胜景,数我张小言最熟啦!"

于是成叔和女孩这一老一少,接下来就目瞪口呆地听小言长篇大论起来——

小言将饶州城稍微有些噱头的景致,都滔滔不绝地说了出来,哪怕犄角旮旯儿也一个不落,偏又说得脉络分明、清清楚楚。

小言不愧是季老学究的得意弟子,长期的刻苦训练,现在终于派上了用场!

"小言!"

就在小言眉飞色舞、口若悬河之时,却忽听得背后一声断喝,然后成叔二人便无比惊讶地看着小言立马收声,抱头鼠窜,瞬间消失在众人眼前。

发出这声断喝的正是稻香楼的刘掌柜。

"客官您别光听这小子胡扯。他整天都没个正形!您看这菜都要凉了,二位还是先享用吧。不够再点啊!

"嘿嘿,其实小店也没啥其他特色——就是菜特别好吃!量又特别足!还不是特别贵!哈哈!"

不知是不是得到了胖账房的线报,满嘴"特别"的刘掌柜,突如神兵天将般出现在当场,把正在阻碍客人潜在消费可能的少年跑堂及时地赶跑了。

"呵,那就麻烦掌柜的,再把刚才那位小哥叫来。老朽正有些重要事情在问他。"和刘掌柜夸张的言语相比,成叔还是一副不温不火的模样。

"呃!"这回,轮到刘掌柜抓瞎了,毕竟客户需求第一,无奈之下他也只好灰溜溜地跑回去,又把张小言给叫了过来。只是,他趁人不注意时,小声告诚小言一定要小心伺候客人，尽量不要影响他们多点菜。然后，刘掌柜便很没面子地回到了柜台后面，等待下一次突发状况的降临。

有了前车之鉴，这次成叔直截了当问小言饶州城邻近到底有没有啥值得一游的山峦。

听了成叔之言，不想给饶州人丢面子的小言，挠了半天的头，一番搜肠刮肚后，却只能无奈地告诉眼前的成叔："不怕您老笑话，我们这饶州城虽然名胜景物很多，可就是城郊外着实没啥值得一看的名山。

"离咱饶州城不远的鄱阳县境内，倒是有不少山丘。可依我看，却也只是一般。稍微有点看头的，又都离饶州城很远。这饶州城附近嘛——呃，我家倒有一处祖产山场，虽然占地广大，但山体低矮，只能算个野山头。"

"哇！你家有山呀？！"一听小言的话，那女孩立即放过眼前那盘猪手，很感兴趣地追问少年，"你家山头叫啥名字呀？还没有名字吗？没名字我就给取一个了！"

"呵！"见女孩如此热情，小言笑道，"我家那山，大伙儿都叫它'马蹄山'。因为老人们传说，当年玉皇大帝所骑的天马下凡，打滚时拱出了鄱阳湖，飞天前又踏下一个蹄掌印，我家马蹄山正是这个马掌心。"

"嗯？！"听到"马蹄山"这三个字，成叔和女孩眼睛同时一亮。

那女孩道："好有趣的故事哦！不知这位小哥能不能带我去看一看？"她的话听起来好似一个涉世不深的少女，正巧不知道该怎么打发下午的时间。

"嗯，正好陪小姐一起去看。喏，这位小哥，如果你愿意辛苦一趟的话，这锭银子就归你了！"这是一直看上去稳重端庄的成叔在说话。

不过机灵的小言看得出，这位成叔可不仅仅是因为少女感兴趣，才这么费心上力地张罗，分明是自己也动了心。

"真搞不懂啊，就那荒山有啥好看的？这俩外乡人还真有兴趣。难道真被我这小道传说给打动了？不过这锭银子倒是不轻，抵得上我一俩月的工钱了……咦？不对哦！这老头儿干吗这么慷慨呢？这银子不会是假的吧？"

等成叔和女孩吃完，他们并没有马上跟随小言去游览马蹄山。倒不是因为他们失去兴趣变了卦，而是那个小姑娘临时决定先在城内转一转，感受一下饶州城的风土人情。成叔也没怎么反对，导游张小言也没什么意见，于是他们开始在饶州城里闲逛起来。

饶州其实并不是什么大城，与天下其他城池相比，城内规格也没多大区别，无非是柳夹街道，坊间唱卖，并无甚出奇之处。

那时虽还没有那种编制城郭十景的风气，不过张小言到底跟着季老先生读过诗书，虽然迫于生计不免"三天打鱼，两天晒网"，常常不得不混迹于街肆，但他素来聪敏，胸中所学反而比那些同窗的纨绔子弟要通透精深得多。

因此，虽然饶州市井平淡无奇，但他常常借题发挥，简简单单的景物，也被他安上了诸如"古庙梵钟""秋河秀色""流水人家""环城翡翠""小城灯火"之类的高雅名目，再结合从稻香楼三教九流食客处听来的奇谈逸闻，便总能将一处本不起眼的景物，引经据典、如数家珍般娓娓道来。

小言这一番有虚有实的趣味言辞，不仅将那女孩深深吸引，连饱经风霜的成叔也常常点头称道。

经过大半个下午的游玩，三人已经比较熟悉。特别是两个年轻人，更是远比开始时融洽自然得多。

小言已经知道那位大叔就叫成叔，只是那女孩的名姓还不知道。虽然当时市井风气不似后世那般拘束，但一般女子的姓名，还是不会轻易告诉陌生男子的。于是他便常常苦于不知该怎么称呼那个女孩，最后终于忍不住问起成叔女孩的名姓。

没想,女孩与小言投缘,听他问起,便略含羞涩地主动告知姓名:"我叫居盈,平时大家都叫我小盈,你叫我小盈就可以。"

"原来你叫小盈呀。我叫张……"

就在小言也要告诉她自己名字时,谁知小盈浅笑道:"你叫小言嘛!你那老板嗓门儿那么大,早把你的名字喊得整条街都听到啦,嘻!"

当他们路过小言常去的李记杂货铺时,到底是少年心性,小言言语间不免流露出对店铺老板女儿李小梅的夸赞之意,说她长得很好看。

见他如此,小盈忍不住笑他没见过真正的美女。

听到心中的偶像不被人重视,自己的审美观更是遭到质疑,小言不免有些恼羞成怒,赌气道:"小盈,虽然小梅可能没外面那些漂亮女子好看,但在饶州城中,依我看也是数一数二的!"

此时,为了争胜,他已把小梅这方圆两条街的第一美女,提升到了全城数一数二的名次。

没承想,小盈闻言,饶有兴趣地追问:"那你知道外面有啥漂亮女子呀?"

"这个……"气势汹汹的少年,一下子就被问住了,毕竟自己去得最远的地界,也不过是饶州东南的鄱阳县啊。

看着两个正斗嘴的年轻人,成叔并没插话,一直保持着微微的笑意。

愣怔半晌,小言到底常在酒楼走动,心思灵活,看着小盈的笑靥,稍一思索便有了计较,开口言道:"嗯,外面的漂亮女子嘛,我当然知道。首推的当然是我们皇帝陛下的小女儿倾城公主。稻香楼的酒客们,都在传扬她的美貌呢。他们见多识广,能把她夸为天下第一,想来应是不错的。"

聪明的小言首先便推出天下公认的第一美女,保证自己立于不败之地,然后再开始反击:"当然了,大家都知道倾城公主漂亮,那我就再举个现成的例子吧——"

说到这儿，小言故意顿住。

"嗯？现成的例子，在哪儿呢？"

果不其然，女孩中计。

"那就是你啊！嘻！"

张小言计策得逞，正准备看小盈有啥夸张反应，没想到她居然只是忸怩一笑，没有再说话。

时间过得很快，虽然饶州城城池不大，但一圈逛下来，不知不觉也已日渐西沉。

等讲完柳竹巷那口水井与一个寡妇悲苦动人的故事后，小言便和小盈二人一起坐上马车往马蹄山而去。

在车上，偶然一瞥间，小言发现小盈的睫毛上竟隐隐闪动着一点泪光。估计是单纯的女孩，还沉浸在刚才他讲述的那则凄美动人的故事中。

"女孩子还真是多愁善感啊！"

小言决定，下次再和小姑娘们说故事时，都要把结局改成大团圆。

托小盈他们的福，这次普通的赶路，成就了少年小言这辈子中多个第一次：

第一次坐马车；

第一次不用自己双腿走回家；

第一次——这辈子第一次和女孩子有了身体上的接触！

最后这个第一次，是马车一次拐弯时，由于惯性作用，小盈往他这边微微倾倒，手臂挨在了他手肘上——虽然只是一下，但这轻轻的一碰，已让素来大胆的少年有些耳热心跳。

待到马蹄山时，夕阳已经西斜。

西天的霞光，斜照在马蹄山上，把这座不起眼的小山丘，装扮得宛如一座光华流动的红玉雕塑。山丘上葱茏的草木,此时也似施上了一层朱粉。

可能是小言之前没夸过马蹄山什么好话,小盈倒觉得这夕阳中的马蹄山也挺好看的。

不知不觉中,小盈已按照小言下午的导游风格,脱口赞道:"好美的'马蹄夕照'啊!"

载着三人的马车停靠在山脚前一处平坦的地方。下了车,小言便领着成叔和小盈朝自家马蹄山上走去。

这马蹄山,小言再熟悉不过了,但除了在酒楼过早显摆出来的天马蹄掌的典故,他也实在想不出还有什么值得一提的其他典故了。

而这风景名目,早就被小盈那丫头抢先叫了出来,他总不能在这"马蹄夕照"之外,再编个什么"马蹄晚照"吧,那也太没创意了。

当然,也许可以说说那块白石,添油加醋地把那个夏夜自己在白石上的遭遇描述一番。其实那晚的遭遇,本就超出常人的理解范围,不用添油加醋,估计也能轻易勾起小盈和成叔的兴趣。

不过,有了那天早上的前车之鉴,小言已经对别人的认可不抱任何希望了。

若说出来,很可能最大的后果,就是破坏了自己在小盈和成叔心目中良好的形象。所以,他选择保持沉默。

其实,以小言的智慧,经过后来内心中反复的思量,他早就认定那晚的奇遇,不只是个幻梦。只不过,思前想后还是觉得太过惊世骇俗,即使在自己父母面前,他也不再提及。

正想着白石的事儿,不知不觉三人就来到白石之前。见气氛有点沉闷,小言便想着找点话头:"二位看这石头。看出来像什么没?——像床啊。我常常到这儿来乘凉睡觉,可清凉啦。若是这石头旁再长一棵遮阴的大树,一定是夏天睡午觉的好去处！"

在小言说话时，小盈早就坐了上去。她跷着脚摇摇晃晃，似乎正在测试这石床的高低舒适程度。

不过，小言以眼角的余光偶然发现，那个一直都很淡然的成叔，看这白石时的表情似乎有点不大自然。

只见他绕着这块不起眼的白石，走了好几个来回，似乎在仔细观察着什么，嘴里还不住地念念有词。

见成叔这样子，小言有些奇怪，心里想道："难道他真被我的话打动了？想把这石头运回去当床？不会是在目测大致尺寸，琢磨着怎么挖掘搬运吧？"

正当小言又开始胡思乱想时，却发现成叔已经停了下来。原本看不出喜悲的脸上，现在居然被小言观察到一种奇怪的神色，成叔似乎很是惊讶。

正琢磨成叔为何面露惊讶时，小言却又惊奇地看到，成叔惊讶的目光正转向自己。

在小言奇怪的目光中，成叔像刚才绕着白石那样又绕着他走了几圈。

"这老头儿，难道也把我当石头了？"小言觉得奇怪。

小盈在旁边，一双大眼睛扑闪扑闪的，也是不知所以。

"呵！老夫只是忽然觉得，小言就像这块白石那样，如同浑金璞玉，霜华内蕴。真是材质非常啊！"有些回过神来的成叔，赶忙对两人解释道。此时他的脸上已经换上了一副发自内心的笑容。

"原来还真把我当作石料了！"小言一吐舌头。

小盈欣喜叫道："啊！没想到小言居然还是个人才呢！"

这话听着咋这么别扭？小言不觉瞪了一眼正满脸笑容的小丫头。

接下来他们在四处大概转了转，就结束了这次马蹄山的参观。

成叔自刚才那次惊讶之后,一扫原来的恬淡,小言明显感觉到他对自己热情了很多。

"难道白石这次又出了古怪,让稳重的成叔变得这么热情?"小言看着成叔威严的脸庞,心里有些调皮地想道。

天色已晚,小盈他们就在小言家歇下了。车夫还有马车,则仍在马蹄山山脚等着。

小言家有三间茅屋,虽然家境困顿,但小言的妈妈贤惠勤快,把茅屋收拾得干干净净。

张家夫妇很是好客,见儿子带来了外乡的客人,老张头便舀出自家酿造的松果子酒,给成叔斟上,又切了一块平常舍不得吃的咸腌野鸡肉,让老伴就着野菜炒成两大盘下酒。

小盈仿佛对农家的一切都很感兴趣,特别是对那只竹根雕成的酒盅,简直爱不释手。

这只竹盅,翠黄的外壁上,用刀琢出一丛浅白的兰花。虽然只是寥寥几笔,却风韵盎然,配合着朴拙的竹筒,竟别有一番韵致。

自然,这略带风雅的自制酒具,就是少年小言的杰作了。听着小言娘略带几分自豪的介绍,对这位普通的农家少年,小盈眼中不禁闪过一丝佩服之情。

晚上,小盈单独睡一屋,成叔则和小言一屋,小言的爹娘就在厨房里铺草睡下。

屋内,成叔似乎很快就进入了梦乡,小言却不似以往那般很快入睡。

辗转反侧间,他看着窗外透进的柔和月光,想起这半日快乐的时光,就仿佛在梦中一样。

特别是回想起在马车上那轻轻一触,少年心中便似有万种情结转动,脑海里不由自主反复盘旋着《诗经·国风》中那段诗词：

> 有女同车，颜如舜华。
>
> 将翱将翔，佩玉琼琚。
>
> 彼美孟姜，洵美且都。
>
> 有女同行，颜如舜英。
>
> 将翱将翔，佩玉将将。
>
> 彼美孟姜，德音不忘。

第一次，小言觉得心中枯燥的《诗经》，原来也是这般鲜活生动。

"其实，她也蛮好看的……"

小言就在这样纷乱的念头中，渐渐沉入了香甜的梦乡。

在他隔壁的小盈，则看到草床上已换上一床干净的床单，床单上堆着一条毛色新鲜的狐皮。在那只粗陶方枕旁，还发现了一把防身用的黑铁剪刀，想必应该是小言妈妈放的。

"好细心的大婶啊！"小盈想。

经过这一日的玩耍，小姑娘也确实累了，拉过那条暖暖的狐皮盖上，在混杂着夜鸟啼鸣与林叶淅沥的山野夜风声中，沉沉睡去……

第二天清晨，小言在啁啾的鸟语中醒来时，看到对面成叔的草铺已经空了。

见此情形，他也不好意思再睡，连忙穿好衣物，来到厨房往木盆中舀上些泉水，便开始洗漱。

快要洗好时，忽听门外传来小盈开心的笑声，夹杂着小鸡们叽叽咕咕的鸣啼。小言束好头发，来到门外看小盈为什么事这么高兴。

只见小盈正站在茅屋门前空地上，手里拿着一只瓢儿，兴高采烈地撒着什么给小鸡们吃；边撒还边"咕咕咕"地模拟着母鸡的声音，兴致盎然地和他家新孵出还没几天的小鸡崽玩耍。

"小言快来看，这些小鸡好可爱啊！像绒球一样！"小盈惊喜地叫道。

看她满脸新奇的样子，小言不禁笑了。

"看来这丫头，还真是没见识啊，就一些小鸡，值得这般激动吗？"

不过见小盈热情高涨，小言也受到感染，便走上前去一起看这些小鸡。

只是，当小言看清小盈手中瓢里装着的东西时，脸色不禁一下子变得有些苍白。他快步走到近前，盯着她手上的瓢，有些生硬地说道："快把它给我。"

小盈一时还没反应过来，说："好啊，你也来撒米给它们吃！"

等小盈把瓢递给小言，才看清少年脸色不是那么自然。他看上去，似乎有些心疼，又有点生气。

小盈有些奇怪，小心翼翼地问："小言你怎么了？生气了？"

"没，没啥。"小言道。

"你骗我的，一定是生气啦，而且我还知道是我惹你生气啦，快告诉人家是怎么回事！"说着说着，小盈的眼圈竟有些红了起来。

"别哭别哭，我告诉你还不成嘛！"小言顿时慌了手脚，竹筒倒豆子般说道，"你知道你撒给小鸡吃的是什么吗？那是米啊！我爹翻岭钻沟，辛辛苦苦要捕捉好多猎物，才能到城里米行换一小袋米。

"这些米，我家平时都舍不得吃的，只有来客人了，娘才会煮米饭米粥。平时我家吃的都是粿子，又糙又难吃，估计你都没吃过吧？我也不喜欢吃，但没办法。靠马蹄山这荒山野岭，攒上一点钱粮差不多只够交税。如果我不在稻香楼当店小二，我上私塾的事，更是想也不用想了！

"我家喂鸡,都是我娘采来野菜切碎了给它们吃。这米连人都不舍得吃,哪还能拿来喂鸡呢。

"你这瓢中的米,大概是娘舀出来准备煮米粥给你们当早饭的吧。其实还真的是托你们的福,上一次我吃米粥,大概是在两个多月前了吧……"

也许是心中激愤,小言不知不觉中,一下子就说了这么多话,而且说到最后,苦笑了起来。

也难怪他心中如此激荡,饶州地界水田稀少,山货低贱而稻米贵重。小言家生活困顿,老张头平时打理打理这荒山野坡上的一点果林和野麦,农闲时去猎些山物,拿到城里也只换得少量粮米,间杂吃点粥饭。

他家很少煮纯米的粥饭,大半都是小言娘到附近山野中满山遍野地走,采集野麦果实,再磨成粗粒粿子充当粮食。

小言一口气倒完心中的苦楚,渐渐平静了下来,也觉得自己有些失态,不过既然按小盈的要求告知了原因,想必这事就算这样过去了吧。

"呜呜呜,对不起!"没想到小盈听完后,还是忍不住抽泣起来。

这下轮到小言慌了手脚,赶忙说道:"哎,我都告诉你了,你怎么还是哭了?若让成叔听见,还以为我欺负你了!"

"呜呜! 不关你的事,是我不对。人家心中难过!"小盈哽咽着道。

"小言你这浑小子怎么欺负起人家小姑娘来啦?"成叔没出现,倒是小言娘被小盈的哭声惊动,便端着衣盆出来看个究竟。

正哽咽着,听到小言娘出声,小盈突然间觉得很不好意思,便止住了哭声。

她跟小言娘吞吞吐吐说了一下事情的经过,说明不关小言的事,都是她自己不好,不该拿稻米来喂鸡。

听了她一番诚心的道歉后,小言娘终于明白了事情的原委。但朴实的农妇不善言辞,只是一个劲儿地说"不怪你不怪你",同时拿眼睛瞪儿子。

这时小言也觉得自己刚才语气有些过分,便也诚惶诚恐起来。

为了早点平息风波,别无长处的小言便亲口向小盈承诺,今天他可以给她当导游。听他这么说,小盈才真正破涕为笑,道:"太好了!可不许赖!人家本来还是很懂事的,这次实在是不知道嘛。小言你可不要老记在心上,生我气哦!"

小言忙道:"早就不生气了。"

"没想到你们家有这些苦楚……"说着说着,小盈眼眸中又有莹光闪动。

"呃!再哭我就真生气啦!"小言笑嘻嘻道。

第三章
鄱阳极目,烟波尽泯尘俗

"对了,怎么不见成叔啊?"刚才这么大动静,却还没见成叔出现,小言有些奇怪,便出言询问小盈。

小盈说她也不知道,倒是小言娘告诉他们,成叔很早就起来了,说先去招呼一下山脚的马车,带点干粮给车夫吃,并且特地嘱咐让小盈他们不用等他了,在小言家吃了早饭后,再去马车那儿找他。

早饭时,为了表示歉意,小盈坚持不吃米粥,而是要尝尝粿子的味道。小言拗不过,只好让娘早饭做粿子粥。

对粿子粥没啥概念的小盈,等真的将粥舀到嘴里,才发现小言所言不假。这粿子粥,真不好吃。即使就着酱油腌制的狍子肉丁,小盈还是觉得难以下咽。不过,即便这样,她还是坚持吃完了,并不叫苦。

小言看在眼里,心中暗道:"这小丫头也蛮懂事的。"

等依成叔之言赶到停放马车的山前空地后,车夫却告诉他们,成叔早已自行离去,说要去三清山拜山访友,请小言暂时照看一下小盈。

小盈听了,虽然对成叔的不告而别有些惊讶,不过却一点也不生气,反而还有些欢欣雀跃起来。

也许，只有同龄人在一起，游玩才会更加快乐吧。

和小盈的欢欣鼓舞不同，小言心里倒有些奇怪，自言自语道："三清山……不就在鄱阳湖那边吗。三清山里倒是听说有不少道士。难道成叔在那儿也有朋友？"

"鄱阳湖？好有名啊！小言你带我去玩！好吗？"没想到小盈听力很好，立即捕捉到"鄱阳湖"三个字，便开口恳求少年。

鄱阳湖，烟波浩渺，水天无际，正是当时除了云梦大泽、洞庭水泊之外的第三大湖，其形状如同一只南宽北窄的硕大葫芦，系挂在如练长江南侧。

这次两人还是乘着马车，来到饶州辖下鄱阳县境内的辽阔水泊。

也许是第一次见到如此烟波浩荡的水势，活泼的小盈第一眼望见这惊涛拍岸、涵澹无涯的鄱阳湖水时，只是睁大了双眼，一句话也说不出。

良久，她才从这大自然瑰丽雄浑的杰作中清醒过来，对小言轻轻说道："从前爹爹让我看书，书册上总有'水天一色''水光接天'的词语，我便觉得写得好有诗意。直到今日，我才真正晓得这寥寥几字里，蕴含着多么实在的含义……"

也难怪小盈如此感叹，从鄱阳湖边向南望去，只见水面浩大辽廓，极远处仍看不到边际。在目力所穷之处，水泊和青天连为一体，让人分不清哪儿是天空，哪儿是湖面。

小言来过鄱阳湖几次，倒不似小盈那般激动，但受了小盈惊艳之情的感染，他现在也觉得今日的鄱阳湖格外好看。

小言引着小盈，一路沿着湖岸游玩，完全没注意到那辆马车也跟随在后面缓缓前行。

近在咫尺的鄱阳湖水，涛浪不停冲刷着岸堤泥石，发出阵阵嚯哗的声响。两人只觉得一股清爽的水汽扑面而来，分外宜人。

看小盈游兴颇高，并不言累，小言便带着她绕着湖堤，游了鄱阳湖畔的一些名胜景物。

一路迤逦，过琵琶亭，拜老爷庙，谒太君岩，登三国周郎点将台。将近晌午，小盈才觉得身子有些疲倦，小言便推荐她到鄱阳县城的望湖楼吃饭。

望湖楼坐落在鄱阳县城东南侧，离鄱阳湖岸只有数步之遥，正是吃饭观景的好去处。

小盈来到望湖楼下抬头观看，只见这楼飞檐重阁，乃全木结构，共三层，上两层八角，下一层四角，青黑小瓦，粉白檐脊，雅淡中透着纤巧，作为一家酒楼，已是颇为难得。

抬头望去，二层挑檐前正挂着一块黑木匾额，上面用明绿墨漆书写着"望湖楼"三个大字，笔力遒劲雄浑，一看便知是名家手笔。匾额下两侧边更有一副对联，写的是：

花笺茗碗香千载；

云影花光活一楼。

此联不知何人所拟，倒是颇合这望湖楼的气派。

雅致的楼阁造型，让望湖古楼本身也成了鄱阳湖一景。

一番观赏后，小言便引着小盈上楼用膳。

小盈似和她家车夫很是默契，两人并未搭话，那车夫便自己将马车停在了楼下等候。

看小盈神态，一派不以为意的模样，显见已是习以为常。而她家车夫体格魁梧健壮，与寻常车老板干瘦的体貌比起来，总觉得有些突兀。

见此情形，小言心下奇怪，便不免出言相询。小盈告诉他，她本是洛阳商户的女儿，这车夫是她家中所养，一路跟她来到此地。对于小盈的说法，小言并没有想太多，更没怀疑什么。

上了三楼，小盈寻一靠窗的雅座坐下，正待点菜，却见小言垂手站立一旁，不觉讶异，便出言相问。

小言踌躇了一下，只好跟她解释："我哪儿有闲钱在这望湖楼吃饭啊。你先吃，过会儿我便到柜台上跟掌柜的讨一口汤，就着我自带的干粮吃了就行了。

"我常来这儿给稻香楼取鱼，与掌柜熟得很，你就放心吧。小盈你自己先吃，我在这儿等着，陪你说话。"

小盈闻言，心下莫名一酸，起身硬把小言扯着坐下，并威胁说，如果他不吃，她也不吃。

本来习以为常的小言，没想到小盈反应如此激烈，只好依言坐下。

虽然，他在饶州稻香楼做惯了伙计，对店小二的活计相当熟稔，但在这雅座上正儿八经坐下，却还是大姑娘上轿头一回，一时间，不免有些手足无措，身上便似有毛毛虫爬过，总觉得有些别扭，不知道手脚该怎么摆放才好。

小盈看着他这逗人的尴尬样子，心中却另有一番滋味。

"小言，你招呼小二过来，我们点菜吧。"小盈柔声说道。

谁知道，一听"小二"两个字，小言条件反射，一句"客官你想要点什么"差点就脱口而出。幸好及时反应过来，忙和其他男客一样，唤小二过来。

正在小盈问小二这望湖楼有何特色菜肴时，却听小言接口说道："我虽然没在望湖楼吃过，但特色菜肴还是很熟的。望湖楼最拿手的，便数鄱阳湖狮子头、清蒸荷包红鲤鱼、糖醋鲫鱼，还有白芦蒸鲥鱼。只是白芦蒸鲥鱼，却不如鄱阳湖中南矶岛酒家水中居来得地道入味。"

那店伙计显然与小言相熟,听他说到最后,便笑骂他胡说。

"那就这些都要了吧,然后再来三大碗白米饭。"小盈吩咐小二。

"这、这都要的话,再加上三碗米饭,可得要二两四钱银子啊!"小言脱口说出饭菜价格,提醒小盈这可是一笔巨款,却听小盈说道:"人家走了半天,肚子都好饿了!你还不让人家吃!"

"呵呵呵……"听她这么说,小言虽然很心疼银子,却也唯有傻笑而已。

等小二回头向楼下高声叫唱了他们所点的菜,确认了这些菜过会儿就会真真实实地出现在自己面前,而且还可以动筷去吃,小言便开始在那儿兴奋不已!

此时,少年心中正翻腾着可笑的想法:"想不到我张小言也有今天!也能坐在这望湖楼上吃饭!还一次性就把望湖楼的名菜吃全了!回去后,可以好好跟稻香楼的伙计吹吹了!"

小言似乎一下子成了幼童!看着他兴奋的模样,小盈心中却想:"其实我哪儿吃得了这许多。点这些,还不都是为了感谢你。"

心中这样想着,她嘴上却含笑逗小言:"喂,过会儿没钱付账,只好把你押在这儿了哦!"

兴奋中的小言闻言不禁惊疑不定,开始思考这个的可能性,患得患失起来。

看着小言傻傻的样子,小盈抿嘴一笑,不再理他,转脸朝窗外的鄱阳湖望去。

这一看,她才发现这望湖楼果然是观览湖景的佳处。从三楼望去,鄱阳湖胜景一览无余。

所谓万顷湖平长似镜,四时云好最宜秋,其时正值九月凉秋,水木明瑟。从望湖楼高处看去,鄱阳湖又有一番不同的气象。远空遥碧,一水浸天,极目处白帆隐隐;湖面上,时有鸥鸟上下,鹜影蹁跹,尽态极妍。真是:闲云与孤鹜齐飞,秋水共长天一色!

　　被天光水影深深吸引,小盈一时竟忘了身在何处。

第四章
李代桃僵，横眉初露锋芒

小盈向窗外观景，小言暗吞口水，一时间各自无言，俱都静默下来。

过了片刻，在小言千盼万盼中，第一道菜鄱阳湖狮子头终于被小二端了上来。不过，紧接着店伙计就很抱歉地对他俩说道："实在抱歉，后厨掌灶曹师傅说，今天鲴鱼已经用完，所以那道白芦蒸鲴鱼做不了，实在抱歉了！客官您看是不是换道菜？"

小言闻言，心中大呼可惜，下次还不知道猴年马月，才有机会再来这望湖楼吃饭。

听了伙计的话，小盈也有些失望，只好又随便点了一道雪菜银鱼汤，两人便开始埋头吃饭。

正当小言全身心投入享受肥而不腻的狮子头时，忽听得楼下街道一阵沸腾。在一片嘈杂的声响中，他清晰分辨出趾高气昂的呵斥声，还有年轻女子悲切的啼哭声。

这突发的状况，立时打断了小言的细嚼慢咽。小盈一时也放下筷子，和他一齐起身，走到望湖楼另一侧正对着望湖街的菱花窗前，探看到底发生了何事。周围的食客，此时也纷纷放下碗筷，一齐挤到窗前看热闹。

透过窗棂看去，原来望湖楼临着望湖街门脸不远的地方，那条青石板铺就的道路边有一排小货摊。有一群衙役围着其中一个摊位，正在那儿争嚷推搡着什么。叱骂哭喊之声，正是从那里传来的。

"走，我们去看看吧！好像有女孩子哭喊的声音呢！"心急的小盈立即扯着小言，从周围食客堆中挤出来，要一起下楼去看个究竟。刚下楼梯，小言却还不忘回头跟小二喊了一嗓子："店家！那狮子头别动，还没吃完。余下的饭菜等我们回来再上，省得放凉了。"

话音一路走低，尾音消失在一楼。

此刻，出事摊位前已经三三两两聚了一些闲人，正在瞧热闹。只不过眼前是官差办事，谁也不敢靠得太近，倒反而让小言护着小盈毫不费力地钻到了最前面。

只见一个药材摊子前，站着四五个衙门差役。其中两个衙役，正在拉扯一个村姑打扮的妙龄女子，想把她拖走。听周围百姓小声耳语，那个长相老实巴交、面容愁苦的中年汉子，正是女子的父亲。这时他正死力扯住女儿的手，不让衙役拉走，同时口里苦苦哀求着什么。而一个中等身材、班头打扮的官差，正对着不断哀求的中年汉子大声叫骂，让他识相些快放手。

听了一会儿，小言才大致明白，原来这对父女是附近大孤山的药农，闻得鄱阳县繁华，便将采得的草药拿到望湖街上来卖。

却不料，方才那班头带着手下过来收摊税，这药摊一上午卖得的银钱，竟只能勉强交上摆摊费。谁想，忍气吞声交了钱，临了官差又说还得交啥"街貌洁净税"。

可怜那对父女，从来没听说过这税，并且也委实没钱了，想交也交不上，因此那班头便要扣下女子先抵税钱。

"陈班头八成是看上这姑娘了吧？没见这样刁难人的。"旁边一个看热闹的小声说道。

小言闻言,便仔细看了看那姑娘,发现她虽然服饰粗糙,但细瞅瞅确实还算眉目清秀。再瞧瞧那陈班头盯着姑娘的眼神,便可知旁边这人所说八九不离十。

正当小言踟蹰着要不要把这底细说给旁边正自愤愤的小盈听的时候,场中的情况却起了变化。

只见陈班头看那中年汉子还是拉拉扯扯不肯放手,便不耐烦了,狞笑一声,对站在旁边闲着的两个手下喝道:"好哇!既然这刁民死不撒手,那就一起带走!"

差役们轰然应诺,挥动铁链一起上前擒拿。可怜这两父女如何敌得过如狼似虎的差役,便似老鹰捉小鸡般被衙役们套上了锁链,带往县衙而去。

"光天化日之下,这些官差怎可以如此胡为?"小盈气得小脸通红。

见她如此,旁边一位老者好心劝道:"姑娘你还是小声点吧。万一被陈班头听到,小心也被抓了去!"

那老者接着叹道:"唉,那姑娘估计逃不出陈魁的虎口了。那汉子估计也是有去无回了。"

小言闻言,忙问老者这是怎么回事。

听他一番解说,才知那衙役头目名叫陈魁,喜欢欺男霸女,不是个好东西,而他又善于逢迎,颇得县令老爷吕崇璜的欢心。因此对陈魁的恶行,吕县令虽看在眼里,却也只是睁一只眼闭一只眼,受害者往往求告无门,最后也只好忍气吞声。正因这样,陈魁越发横行无忌起来。

说到这吕县令,其实他本身就不是什么好东西。他贪酷爱财,想尽一切办法搜刮油水,鄱阳县百姓多有怨言,便按他名字谐音,将他唤作"吕蝗虫"。

听到老者此言,旁边一个粗眉大目的豪客愤愤叫嚷起来:"这青天白日、朗朗乾坤,还有没有王法了？这事兄弟们说什么都得管上一管!"

围观的人群中,倒有不少鄱阳湖游客,其中不乏挎刀佩剑、打扮粗豪的江湖汉子。

"管?"听得壮汉豪言,老者冷笑一声,"这位好汉是外乡人吧?谁不知只要进了鄱阳县的大牢,先不管青红皂白,就是一顿杀威棒。之后若没有二三十两银子,甭想让吕老爷放人!"

一听到二三十两银子,意图打抱不平的好汉们立马收声。这年头道上光景也不景气,谁内里的衬衣上不打着两个补丁?正是杖头乏了钱,英雄也气短啊!

老者一席话,让这草药摊前一时间冷了场,方才还热血沸腾的壮士们已然冷静下来,自觉作为江湖中人,还是要坚守"民不与官斗"的江湖第一法则。

再一想到那听起来就瘆人的"杀威棒",更是不寒而栗。

刀剑砍在别人身上不知道痛,倘若招呼在自己身上,那就不是好耍子了,还是各走各路,才是上上之策。

于是,看热闹的人群便就此三三两两地散去。

听到老者刚才这席话,小盈眼里倒有些迟疑之色。小言一瞧,便知小姑娘动了恻隐之心,想替那两父女花钱消灾。

"这丫头,看来身上的银子还真不少嘛!"

正在他二人迟疑之时,忽见一个五短身材、身板单薄的汉子突然凑上前来,一脸神秘地对他二人说道:"两位想要解救那父女二人?小人倒有一良策!"

眼前这个单薄汉子,相貌看起来颇为猥琐。他见勾起了两人兴趣,便继续往下说道:"看来这位小姐,非常同情那对父女的遭遇。其实小人也是。

小人倒有一个办法,不用花上三十两银子,便可解脱那父女俩的痛苦!"

看起来,猥琐汉子从二人衣饰上立马判断出了该跟哪位搭话。

倒不是他眼力过人,而是看小言那身粗布衣裳的打扮,确实也只能是跟班长随之流。

听他这话说得凑趣,小盈立即大感兴趣,急切问道:"你有好办法? 快说来听听!"

"这位大小姐且莫着急。其实,刚才那老头儿说得也不完全错。若入了这吕老爷的大牢,不花上几十两银子,还真是出不来……不过,"说到这里瞅见小盈神色不善,汉子赶紧转折,"不过那吕老爷大堂上提审犯人,在讯问之前,一般要对那些没什么来头、赎银不多的犯人,先打上一顿杀威棒! 那个小女子,不必担心,陈魁大人自会怜香惜玉,吕老爷也不会不凑趣。只是,她爹爹就不消说了,这顿杀威棒应该是免不了的!"

"啊! 那怎么办?!"听他说得吓人,小盈掩口惊呼。

却听那汉子继续道:"小人要说的,正是这个。姑娘知不知道小人还有个外号? 叫作'王代杖'!"

"啥? 王道长?"小言没听清,不过对"道长"这词儿倒是比较敏感。

"这位小哥你听错了,贱名王二,外号叫'王代杖',专门代人受杖挨打。只要苦主亲朋给我些药酒银子就行了。"

"嗯? 大堂上也可以代人挨打?"小盈听着新鲜,十分好奇。

见小盈一脸奇怪的模样,王二皱眉一笑,道:"两位看来也不是本乡客吧? 谁都知道,我们吕大人只管拿赎银的事儿,他哪管那棒子到底落在谁人身上!"

原来,正因为鄱阳县吕县令为人贪墨、极端爱财,所以"代杖"之职便应运而生。鄱阳县城里的一些破落户借此以为生计,收些银两替人受杖。

当然，这受杖费中，自然要扣除一部分给吕大人、陈班头，还有执杖的衙役。

给那衙役分红，自是为了挨板子时少些痛楚。若给了钱，那板子便举得高、落得轻，虽然现场观众耳中听得噼啪脆响，受杖人口里的惨呼也是惊天动地，堂上一片狼藉、热闹无比，但实际上，那只是竹杖与裤内所垫羊皮撞击的声音。只是，虽说暗地有物衬里保护，但给执杖衙役的银子还是省不得的。

若贪着这几分银子打点不到，那执杖衙役暗地里使坏，将干枯的老竹片换成新鲜出炉的硕大毛竹，狠一点的再学那卖注水肉的无良屠户，将本就不轻的新毛竹再浸一晚上水，变得死沉死沉，那威力能赶上佛门降魔杵，挥一挥就是一道青光闪过，等到了堂上，再使出吃奶的劲儿往死里揍，那一顿暴打可不是闹着玩儿的。

虽说在观众看来，现场效果别无二致，但这出戏可是真唱。猛地来么一下，这代杖生意还想不想有下回？恐怕代杖职业生涯从此断送！

不过，小盈二人还是第一次听说竟还有"代杖"这个说法，听着王二侃侃而谈，不禁目瞪口呆。

见他俩张口结舌，王二就知有戏，心说这两年轻人看来涉世不深，这位小姐还爱心泛滥，说不定这桩本来无根无凭的生意，说着说着就做成了！按照职业经验，此时更要趁热打铁，赶紧再添柴加火，把这事儿做成板上钉钉。

"小姐您还没见过咱鄱阳县衙的杀威棒吧？那些掌棍衙役，可以说天天有实战机会，在这棍术上浸淫的可非一日之功。在咱这饶州武术界，可算是数一数二、远近闻名！就连那祁门县的神棍门掌门，还曾亲自远道赶来这里考察取经！

"您也亲眼看见了,就刚才那药贩的身子骨,估计十棍都熬不过,很容易就会丢了性命,那多惨啊!想想吧,他的女儿就这样失去慈父,从此孤苦无依,他家八十岁的老娘从此便要流落街头乞讨为生……

"您问怎么办?找我啊!我这代杖信誉良好,价格在咱这同行里也最是公道。起价一两银子十二棍,堂上多打一棍,每棍另加五钱。定金纹银一两,多退少补。如果没打满底价,还可自动存入下次过堂,再打八折。

"信誉?您看我这人,一瞧就知道老实忠厚,绝对童叟无欺!不信您去扫听扫听,看我这价码是不是鄱阳县最低!如果不是,我分文不取!小姐,您这下总该放心交钱了吧?"

正当这位王二代杖唾沫星子四溅地推销生意,大义凛然地宣布他这看似公平合理、实则暗含玄机的价格时,虽来过此地几次但还真没留意过这类事情的小言,这时已清醒过来。

看着小盈跃跃欲试,他便赶紧接过话头问王二:"不对啊,大伯,瞧您这身子骨,我看可连五棍都不一定熬得过去吧?!"

说完,他便拉过正被王二代杖这顿营销搞得五迷三道、晕晕糊糊的小盈,就此走开。

直到这时,一直注意观察着小盈表情、正以为这桩生意就像煮熟的鸭子那般能手到擒来的王二代杖,才突然发觉有点不对劲:少女旁边一直不大作声的乡下少年,很可能并不只是她的一个小跟班。

此刻王二眼前,似乎突然闪现一幅古怪情景:街角卤食铺案板上有几只煮熟的鸭子,正扑扇着油光闪闪的肉翅腾空飞去……

再说小言将小盈扯到一旁,便给她分析道:"刚才这人,一副江湖口吻,说的话不可全信。而且请他代杖,也是治标不治本,即使让那药贩逃过这一顿打,他女儿还是逃不出陈魁的魔爪,自己也还是出不得狱来。如果他家还有妻儿，说不定更会被敲诈得家徒四壁。此事还得另想万全之策。"

"嗯？这倒是哦！"小盈也不是傻丫头，经小言这么一提醒，也清醒了过来。

虑及救人，小言心中一动，当即就有了计较，于是便走到墙角那个正在自我检讨到底哪儿出了纰漏的王二面前，咋咋呼呼地冲他嚷道："你这人，把我家小姐当冤大头啊！那俩刁民交不上税钱活该被抓，我家小姐只是一时有点不忍心而已。你还敢来讹我家小姐银钱？咱从随州大老远跑来游湖，想不到却碰上这等事，晦气晦气！"

原来小言突然想到，自己毕竟是附近人氏，既然打定主意要想办法救那父女出狱，不免就要与官府起些冲突。因此，他决定至少从现在开始，尽力消除一切能让人事后看出端倪的线索。

别看小言在小盈面前偶尔傻傻呆呆，可一旦决定要做一件干系重大的事情时，他的头脑便全速开动，心思也变得缜密起来。

而那个正在自怨自艾、苦苦思索失败原因的王二代杖，闻听小言这话顿时恍然大悟，竟是不怒反喜：原来如此啊！不是自己口才不好，也不是对那少年身份判断失误，而是人家主仆压根儿就没想替人家出头。看来并不是自己能力有问题！

不过这小子也忒可恶，居然敢怀疑老子不能挨过五杖！对我职业素质的怀疑，便是对大名鼎鼎的王二代杖的最大侮辱啊，一定要让这小子赔礼道歉！

打定主意准备兴师问罪的王二，这才发现小言早已说完走人，只好又把话咽回了肚里。

只见我们这个敬业的王二代杖，站在望湖街头，对着天边的太阳，用力挥了挥自己比芦柴棒稍粗的胳膊，愤然道："难道，我这还不够强壮吗?！"

第五章
少年意气，检点柔肠侠骨

"难道我们便要袖手旁观吗？那父女二人好可怜！"小言跟王二那段撇清关系的对话，被小盈依稀听到，于是少女便忍不住对他不满地抗议。

"当然不是！"见单纯的小盈误会自己，小言赶紧细细解释，"小盈你要知道，要想从官府衙门里往外救人，可不是件容易的事。弄不好，救人不成反倒把我们自己给赔进去了。

"拿钱赎人，倒也是个办法，只是我总觉得，白白拿这么多银子去喂那个贪官，实在不甘心。

"最重要的是，即使你愿意出钱，我看那陈班头也不一定乐意。因为，听大伙儿的说法，陈班头对那女子显然不怀好意。"

小盈听了小言这番剖析，也觉得说得不错，便只好耐着性子和他一起思索能有啥适宜的救人法子。只是，虽然冥思苦想，却一时没有什么头绪，两人只好闷闷地沿着湖堤瞎转悠。

"对了！"小言突然大叫一声，打破了让人憋闷的平静。

"啊！小言你想出办法来了吗？"

"那倒不是。"小言尴尬地挠了挠头，憨笑道，"我只是突然想起，我们点的菜还都让小二留着呢。我们只在这儿瞎转悠也不是个办法,不如回去一边吃一边想,说不定把肚子填饱后,办法也就自然想出来了!"

本来满含期待的小盈,听了小言这话后真是哭笑不得。不过,经他这么一提醒,倒也突然觉得腹内甚是饥饿,只好跟着小言一道,又转回到望湖楼。

靠窗雅座,少男少女心不在焉地吃着饭,一心想着救人之事。

此刻,小盈没了先前观赏湖景的兴致,小言也不再那么专注于眼前的美食。

两个路见不平的热血儿女,便也像方才的那些江湖汉子一样,一时间陷入困境,一筹莫展,对影长愁。

"对了! 真笨啊!"这次是小盈率先打破了平静,一脸兴奋地说道,"我们怎么忘了,可以去州府上官那儿告他们强抢民女呀!"

"呃! 这……"正洗耳恭听的小言,一听此言,倒似乎被口里的饭食突地噎了一下。

看来,小盈还是这般天真。

小言久在市井厮混,这会儿工夫已把这不平事儿想得分外透彻。

如果报告上官的法子能起作用,那鄱阳县的吏治早就不会像现在这样混乱腐败。十有八九,这府县上上下下都是官官相护的。

心里想得透亮的小言,苦笑着将自己的疑虑,说给一脸兴奋的小盈听。

"这些狗官!"听了他合情合理的分析,小盈憋气之余,怫然而怒。

就在她这句叱责之言脱口而出的一瞬间,小言突然生出一种奇怪的感觉:眼前这个一直天真烂漫、不谙世情的女孩子,此刻发起怒来,却自然流露出一股傲视众生的威势。

生出了这样的奇怪感觉,小言便立即讶异地紧紧盯着眼前因生气而俏脸通红的女孩子,想要验证一下,刚才是不是只是自己的错觉。

见他这样怔怔的模样,一门心思只想救人的小盈,立即表达自己的不满:"小言,你干吗呢,我脸上又没长花儿! 还是赶紧想想办法吧!"

催促之余,她又忍不住有些怅然:"唉,如果成叔在就好了……"

"嗯。其实,我似乎已经有了一个法子。"看着小盈方寸大乱,小言觉得应该把自己心中那个渐渐清晰起来的营救方案立即告诉她。

小盈一听已经有了法子,便赶紧催小言快讲。只是,因为太过兴奋,她一时忘了压低声音,还是小言赶忙编了个话,大声掩饰了过去。

见此情形,醒悟过来的小盈不好意思地吐了一下舌头,立即噤口不言。

不过,小盈刚才这声情不自禁的欢呼,倒提醒了小言,他觉得这望湖楼上鱼龙混杂,并不是筹划的好地方,况且这宝贵的饭菜也基本吃完了,他便提议应该到鄱阳湖边寻个僻静处,再作详谈。

乖巧的小盈现在对小言已是言听计从,便立即唤来小二结了账,两人一起离开了人多眼杂的望湖楼。

经过楼下马车时,小盈又跟她家车夫打了声招呼,说自己要去附近看湖景,让他不必跟随,然后便和小言走了一阵,在湖边寻得一处人迹罕至的地方,在湖岸石头上坐下,开始商讨救人大计。似乎,这事小盈一点也不想让她家车夫知道。

待小盈在湖岸石头上坐下,小言便倚在旁边,将自己的想法悄声告诉给她。

这计划并不是很复杂,小言一会儿便说完了。只是,待他讲完,小盈却用饱含怀疑的目光,上上下下仔仔细细打量了小言好几回,最后还是摇了摇头,一脸怀疑地问道:"小言你说的都是真的吗? 不会又是在哄我吧? 怎么一点儿都看不出来呢!"

见她不信,小言倒也没有生气。因为这事儿,有时连他自己也不敢相信。不过，为了计划的顺利实施，即使这事说出来有些离奇，但到了这个节骨眼儿上，也必须证明一下了。

念及此处，小言便站起身来，笑道："早知你不信，正要演练给你看！"

于是，小言便在小盈好奇的目光中，四下张望起来。

片刻后，小言挑得一块湖石。

这湖石小半截埋在土里，比磨盘还要大上两圈儿。

小盈见小言打量片刻，俯下身去，用双手抓住石头的两个棱角，搵了搵，确认已经抓牢，然后大喝一声："起！"

这声暴喝过后，只见那块原本绝无可能被一个十几岁少年拎离地面的巨石，在小盈惊奇的目光中，不情不愿地从原本舒适的土窝拔离，晃晃悠悠地竟被小言抱在胸前！

只稍作停留，小言又慢慢地将这块湖石放回原处。

完成这一壮举之后，只见小言脸不红心不跳，只笑嘻嘻地站在那儿，似在向小盈确认：这回是不是应该相信，我不是在哄逗你了？

不过，小盈没有回答，因为这时她的嘴巴已张大得可以放进去一枚鸡蛋啦！

看着小盈惊喜交加的表情，小言倒并没有扬扬得意，而是摇摇头，还颇有些忧心忡忡："小盈，我这法子还有一个非常大的缺憾！"

"咦？我觉得很不错呢！"单纯的小盈总是这么天生乐观。

见她如此，小言很有分寸地提醒她："你不觉得我这法子，你也得在场帮忙吗？这个恐怕……"

"那又有什么关系呢！咦？"乖觉的小盈顿时警觉起来，不满地质问，"喂！你是不是觉得我很没用，只能帮倒忙？哼哼！我、我逛过的地方，可比你多哦！"

小盈觉得自尊心受到严重伤害,嘟起了嘴。

"真的没问题?"小言只为事情成功,便顾不得小盈生气,只管直截了当地反问。

"当然!"回答更加简洁。

"我这计划可很暴力哦!"

"不怕!本小姐正要教训一下那俩狗官!"回答越发斩钉截铁。

"我这计划还很血腥哦!"

"……"这次小盈有些迟疑。

只不过也只是片刻间事,小言便立即听到了她的回答:"还是不怕!——嗯,爹爹跟我说过,对坏官就是不能心软!"

看来,最终是她爹爹的教育,帮有些动摇的小盈重新坚定了立场。

"没想到,小盈你还真是很棒啊!"小言十分满意,赞叹一句后,便抛出了最后一个事,"对了,还有一件最重要的事。"

"是啥?"知道这最后也往往是最艰苦的考验就要来临,小盈赶忙支起了耳朵,紧张地等待下文。

"是这样的,我这计划里涉及几两银子的开支,你看你能不能……"这次换成主考官紧张了。

"……小言,你还把我当小气鬼!"看样子,这次小盈是真的生气了。她嘴唇微微颤动,嘴角往两边挂下,两眼中又开始酝酿起泪水来。

既然计划已经敲定,资金也已落实,营救方案便正式进入到实施阶段。

"知己知彼,方能百战不殆!"小言在季家私塾中,也涉猎过一些兵书战策,深知获取正确信息的重要性。

说起小言这广泛的涉猎,也亏得他那个时代还不讲究科举,朝廷遴选官员常采用推荐保送制。谁的名声好、孝声著,谁的推荐高,谁就能当官甚至当大官。因此，季家私塾比较注意弟子的全面发展，塾课教材也并非官府指定编写发售的内容。平常塾课，对诸子百家均有涉猎。也正得益于此，小言才知道"欲速不达、谋定后动"的道理。

于是在那个下午，小言和小盈这两人的身影，便活跃在鄱阳县城的大街小巷中。他们走街串巷，深入百姓，搜取有关吕崇璜、陈魁两个知名人士的第一手资料。

此时，小言久经磨炼的口才终于派上了用场，他通过很讲技巧的搭讪询问，获得了大量第一手资料。当然，他那人畜无害的朴实面容，也意外地让信息搜集的过程变得更为容易。

在他忙活的同时，小盈也没闲着。每当碰到男生不宜发问甚至不宜出现的场合时，我们的小盈便会挺身而出，把那小姐脾气略略一收，一段拿捏得当的温言软语，再加上一脸讨人喜欢的乖巧笑容，鲜有三姑六婆、大叔大伯，不被这无敌的可爱攻势拿下！

于是，鄱阳县城磨坊街上，有一个凶神恶煞的虬髯大汉怔怔地望着在秋日斜阳中渐渐远去的两个背影，良久方才清醒过来，疑惑道："咦？难道我跟他们很熟吗？为啥刚才会莫名其妙，把我这么多年的心路历程，就像竹筒倒豆子般告诉了这俩少年？！"

正是：何意百炼钢，化为绕指柔！

小言也没想到，自己和小盈组合在一块儿，竟是一对黄金搭档、梦幻组合，不到两个时辰的工夫，就满意地搜集到了需要的信息。经过一番悉心整理，剔去了诸如"吕县令怕老婆""陈班头不洗脚"之类的无效消息，最后得到以下有用情报：

陈魁陈班头，除了好欺负姑娘爱赌钱，嘴上还好一口儿。傍晚散衙之后，他一定会去鄱阳湖南矶岛酒家水中居，去品尝当家名菜清蒸鲴鱼。因为此时水中居正有渔家按约好的时辰送来上品鲥鱼，俱是刚刚捞起，极为新鲜。陈魁每晚都去，风雨无阻，从没有例外——就像他从不付钱那样。

而吕崇璜吕县令，没想到这个贪官，居然也痴迷于清谈，常去城西水湖文社，和一帮同好谈玄论道，常至深夜才回。

这吕大人的夫人，正是赣州州守的妹妹。他这县令的官职颇靠了些裙带关系才得手，因此他极为怕老婆。

只是，就像吕老儿生来贪财一样，这彻夜清谈也确实是他另一个极度酷爱的嗜好，因此即便家中门禁严厉，在这一点上，吕夫人还是能通情达理，顺着老头子的意思，不让他在当地士林中丢脸。而一对比家中与文社两边的风气环境，吕大人便越发地留恋清谈，每次均至深夜方回。

这两条信息，对小言的营救行动极为重要。正是两个大人这两个日常习惯，才让他的营救计划能够取得更加完美的时间效果。

等这对少年男女计议已定，他们便开始着手准备必备的物事。诸般准备妥当之后，这两个"胆大妄为"的少年，便在留宿的平安客栈中静静等待夜色的降临。

……

"咦？想起来了！小言你还没告诉我，你怎会有那一身蛮力！"平安客栈的一间厢房里，正传出一个少女的话语。

"呃……"想不到回避半日的问题，最终还是没能混过去。小言嗫嚅半晌，最后终于憋出一句："我、我也不知道！可能是我们家风水好……"

这话倒也没有完全骗小盈。

第六章
暗夜行船，笑捉强梁如鼠

秋日的夕阳慢慢落到了西山之下，天边的红霞也渐渐失去了娇颜，黯然消退。

夜色，终于降临了。

"该出发了！"小言道。

"嗯！"小盈有点紧张。

出得房门，小言忽然停下来，沉思片刻后转脸对身后的小盈说道："此行并非儿戏，小盈你要按我们刚才商议的行事，不可胡闹！"

"我会的！"小盈也知道此行万分凶险，重重地点了一下头。

"还有，"小言又面色凝重地说道，"万一失手，小盈你别管我，自己先逃！"

"……我不会丢下你不管！"

"谢谢你！不过还是按我说的去做吧。因为只有你逃掉，才能帮我搬来救兵。"

"若我被抓去，你便尽快去寻一人，他必能解我困厄！"

"谁？"

"王二代杖。"

夜幕笼罩中的南矶岛，平静而安详。

秋夜中的湖光山色，显得无比静谧。

正因如此，堤岸上那个歪歪扭扭走来的汉子，才显得格外不协调。

这个嘴里胡乱哼唱着小调，显见喝醉了酒的汉子，正是我们远近闻名的陈魁陈大班头。

"今天运道不错嘛，居然不用费力便能找到渡船！"

蒙眬的醉眼，依稀瞧见前面不远处湖堤柳荫下，正停着一艘载客的乌篷船。

夜色中的鄱阳湖已经平静下来，只有微微的湖波轻轻冲洗着湖岸，那乌篷船便随着波浪一上一下，一摇一晃。

"嘻嘻，这些船家平时都像瘟神一样躲着老子，今儿倒正好有一艘，只等老子来坐！"陈魁志得意满地琢磨着，"哈哈！吃免费饭，坐霸王船，大丈夫当如是也！"

听他一声招呼，那个戴着斗笠正蹲在船头等客的船家，赶紧站起来，伸手将一身酒气的陈班头小心扶上船，然后解开系在柳树上的缆绳，叫了声"老爷您坐稳啰"，便将竹篙在湖堤岸石上轻轻一点。于是这船便从柳荫下湖岸边轻盈地荡开，在迷蒙的夜色里朝鄱阳湖中驶去。

"想不到这船家倒也凑趣，呵……"这个上不得品级的芝麻绿豆小头目陈班头，正是喜欢别人称他为老爷。

"过会儿回去干啥呢？回去睡觉……不对，记起来了……老爷我还得辛苦一趟，去那大牢中连夜审问那个小娘子！"

船至湖心，这个陈老爷酒意上涌，神思恍惚，露出满脸猥琐笑容。就在这时，他耳边忽听得呼一声风响，只觉眼前一黑——

原来是一个大麻袋凭空罩下,将他这个酒醉力乏的陈魁陈老爷整个儿罩在大麻袋中,袋口被麻利地扎紧,囫囵作一堆儿!

"苦也! 上了贼船了!"

只一下子,陈魁便酒意全消,方才那一腔的风流劲儿,也立马被抛到了九霄云外。

"救、命、哪!"

没想到陈大班头如此不堪,只稍微挣扎了几下,便杀猪似的号叫起来!

只是鄱阳湖烟波万顷,又是夜色朦胧,湖上行船稀少,即使有渔家听见,又有谁敢近前? 只充耳聋。因此陈班头这破锣嗓子喊出来的救命呼声,虽然撕心裂肺刺耳无比,却没有分毫实际效果。

"闭上你这鸟嘴!"一个粗豪的声音大声呵斥,然后陈班头便觉得一阵铁拳似雨点般落在自己身上。

虽有一层薄薄的麻袋布做掩护,可这一顿胖揍,只把陈班头疼得龇牙咧嘴,面目扭曲得分外难看。当然,正在麻袋中,也不怕坏了形象。

一顿胖揍终于告一段落,然后便听那人喝道:"再叫! 再叫老子就把你扔到湖里喂王八!"

正所谓"好汉不吃眼前亏",想不到这个平时作威作福的陈大班头,竟是好汉中的好汉。麻袋中的陈魁马上意识到事态的严重,赶紧停止毫无意义却很可能带来严重后果的干号,只在麻袋中低声哀求道:"不知这位好汉是不是手头不太宽裕? 若是的话,只要吩咐小人一声,回去后小的立马给好汉双手奉上,绝不含糊!"

那贼人却不搭话。

半晌无言,一时间舱内静了下来,只听见船外湖浪的声响。

只是,越是这般静谧,陈班头心中便越是发毛。

他突然想到自己以前似乎没干过什么好事,说不定这次是结下的仇家来寻仇。不过不对呀,自己平时欺负的,都是看准了的平头老百姓,似乎也没得罪啥厉害的贼人啊。

陈魁正心乱如麻,忽听一个清亮的声音说道:"大哥,如此月黑风高之夜、良辰美景之时,咱何不吟诗一首来助雅兴?"

"罢了,原来这贼子还不止一人!"陈魁闻声,不禁心中懊恼,便怪起那水中居的黄汤,让自己上船之前没看清路数,竟着了湖贼的道儿!

"不过……听那贼子口气,似乎他们还是附庸风雅之徒。说不定正是贼人中知书达理的良匪!"

陈魁顿时好似看到一根救命稻草,一厢情愿地不住祈祷,希望老爷庙里的菩萨能够显灵施以援手。

正怀着鬼胎,却听那个被称为"大哥"的人清了清嗓子,说了声"好",便开始吟诗一首:

> 甲马丛中立命,
>
> 刀枪队里为家。
>
> 坟场堆旁摆酒,
>
> 杀人便是生涯!

一听此言,陈班头直唬得魂飞魄散!

正当陈魁闻诗色变,急着要推出自己那八十岁高堂之时,却听年轻贼子接口赞道:"大哥这诗果然妙极,正是我辈日常写照!小弟虽然驽钝,文才不及大哥万一,却也少不得涂鸦一首,来和大哥。"

"哦? 不知贤弟如何相和? 赶快说来听听!"

虽然不耐烦,但唯恐打扰贼人诗兴惹来拳脚的陈大班头,此刻也只好忍住发言的冲动,在船板上洗耳恭听。同时,他内心里不住地祈祷,祈愿这两个风格特异的贼人诗兴大发,吟出旷世佳作,这样心情大好下说不定就把他给放了。

于是在袋内袋外两人的共同期盼中,那年轻贼人终于细声细气地念道:

十步杀一人,

千里不留痕。

如何不留痕?

扔去喂湖神!

两个听众正各自品味这首诗的含义,却听那年轻贼人念得兴起,突地发狠道:"老大,既然这厮最喜去那水中居,不如就此把他扔去湖里喂龙王。咱兄弟俩便去游湖,小弟正有几首新诗要向大哥请教!"

"不可!"

"不要啊!!"

袋里袋外,两人两句话几乎同时出口。

虽然立意不同,腔调迥异,但让陈大班头松了一口气的是,贼人那话和自己意思一样。

"大哥,为何不可?"

"贤弟有所不知,这厮虽然可恶,但大哥正有一事要着落在他身上,不可害他性命。"

"义士啊! 不知大王要差小的去办何事? 杀人放火还是劫道儿? 只要大王您一声吩咐,我陈魁就是上刀山下火海,眉头也绝不会皱一下!"

一听说性命可以无忧，陈大班头忽觉这闷黑麻袋顿成光明之所。看来应是自个儿方才给菩萨许下的猪头三牲起了作用。听得自己对这贼人还有用处，陈魁便立马恨不得把天都给他许下来，却又不敢乱扭乱动，生怕被误会想要逃走。

"住嘴！"听他聒噪，那年轻贼人呵斥一声，然后柔声问道，"不知大哥您所为何事？"

"唉！说来恐惹贤弟笑话，想你大哥虽然满腹才华、诗才出众，却也因此眼高于顶，知音难觅，再也看不上那些庸脂俗粉，以至于大哥直到今日，还没娶老婆。贤弟你还年轻，不知道其中苦楚。"

说至此处，年长贼人不禁长吁短叹、语调悲苦，弄得陈魁也几乎忘了自己的处境，差点就要出言相慰。

"呀！不知大哥还有如此苦楚！方才倒是小弟莽撞了。只是，这又与这厮何干？"

"啊！大王啊！嫂夫人一事就着落在小人身上了！我这最在行！明儿一早就给您抢来十个八个！保证个个——"

陈魁听到"这厮"二字反应过来，立即大表忠心。要不是这袋中狭窄，便连表忠舞也要跳上一跳了！

"闭上你这臭嘴！再穷嚷嚷就再吃老子一顿老拳！"

麻袋立即安静如初，看不出其中还有活物。

"贤弟你有所不知，今日午前大哥去那望湖街上买些跌打草药，以备不时之需，却在药摊前见到你的大嫂——呃，就是那个卖药姑娘。我与她一见倾心，两人俱倾慕对方人才，便私订了终身！

"大哥正要回来与你商量迎娶之事，但心里委实放不下你那可人疼的嫂子，半路便又折返，想和她再说上几句知心话，谁知已是人去摊空，芳踪难觅。正是'多情自古空余恨'哪……"

"啊！想不到大哥您那粗犷的外表下，还有这么一颗细腻浪漫的心！"

"贤弟谬赞了！且说当时大哥心中正懊恼，却听路人相告，说正是袋中这厮带人将你大嫂和我岳父抓进衙门里去了！这夺妻杀……之仇——"

那贼人大哥说至此处，忽又怒气勃发，于是陈魁只觉得自己屁股上，又重重挨了一脚。只是虽然疼痛，也只得强自忍住，不敢叫嚷。

陈大班头不愧是一县衙役之首，果然机灵，一边忍着痛楚，一边接过话茬，低声下气地求告："小的该死！小的该死！小人瞎了眼，不合冲撞了大嫂！只求好汉放小人回去，小人明日一早便将嫂夫人送回。"

"哦？此话当真?!"

"绝无虚言！要是我有半句谎话，就让我陈魁天打五雷劈！不得好死！就让我被——"

知道到了关键时刻，陈大班头毫不迟疑地大发毒咒，生怕说得迟疑了，这贼人便变了主意，他这条性命就要断送在鄱阳湖里了。

陈魁这毒誓，倒也是发自内心，语气真诚。这欺软怕硬的家伙，正是"夜路行多终遇鬼"，今日方知还有比自己更狠的，当即便丝毫不敢有啥二心。

"得！甭再赌咒发誓了。谅你也不敢跟我耍花招，要是明日午时之前还没看到我媳妇，不用天雷劈你，我也饶不过你！除非你这辈子就缩在县衙里别走夜路！"

陈魁连道"不敢"，啰啰唆唆大表忠心。

"大哥，既然这厮服软，那就把他渡过去吧。"

"度过去？不会是超度吧?"已是惊弓之鸟的陈班头，疑神疑鬼。

这时却听那大哥沉吟了一下，说道："不可。北岸那边恐有闲人行走，要是被看见了恐会坏事。还是把船摇回去，到那南矶岛上找一僻静之处扔下。"

"果然还是老大想得周全！就依大哥之言。"

陈魁在袋中听得分明，只是并不敢插嘴。船舱内又恢复了平静，只听得耳畔舟欸乃、橹咿呀……

今日这鄱阳湖的水路，在陈魁心中变得似乎分外漫长，过得许久，这船才在岸边停下。

陈魁方自暗喜，却忽觉恰如腾云驾雾一般，自己连着麻袋被人一把提溜起来走了几步，然后被扔在地上，他身上吃痛，不觉啊了一声。

一声出口，陈班头立马心头大恐，暗自警戒，再也不敢有丝毫响动。

"陈、大、班、头！"只听那年轻贼子正阴阳怪气地说道，"你就叫啊！说不定叫了就会有人来救你！"

麻袋中静如死水。

"啊！不会是摔死了吧？"

"大王，小的还活着呢！"生怕贼人拳打脚踢地来检查，陈班头只得出声应答。只不过，他尽力压低了声音，要不是夜晚静谧，离得又近，否则一时还真听不出来。

"没死最好。记住，明日午时之前，我要见到我娘子和她爹爹从衙门里出来。"顿了一下，那人又补充一句，"要是他们身上少了一根汗毛，明年的今天，就是你的忌辰！"

"一定！一定！"说完之后，忽又觉得有些歧义，陈魁赶紧补充道，"大王请放心！明天的事就包在小人身上了！"语气坚定，声若蚊吟。

等了半天，却不见有人搭话。陈魁正自纳闷，却发觉身子渐能转动，呼吸之气也渐转寒凉。原来，不知何时，那袋口已然松开。

但即便发觉此情，陈魁却仍不敢稍动。过了好一会儿，确认周围确实悄无人迹，这才敢从袋中钻出来。

原来陈班头经验果然丰富,深知绝不能与匪人两下照面。要是那贼人的相貌不小心被自己瞅见,那他这条小命也就算交待在这里了。

想起那顿量大力足的拳头,陈班头不禁又打了一个寒战。

呆立在那儿定了会儿神,陈班头这才缓过劲儿来。他向四周打量,却发现自己站立之处,并不是贼人口中的南矶岛,而是已经回到了鄱阳湖北岸。

不远处的水边,正有几只小船随波荡漾;再往远处看,依稀已可瞧见望湖楼挑檐的剪影。

"这俩贼徒果然狡猾!"陈魁心中咒骂,只是脚下却更加不敢耽搁,一溜烟直往县衙走去。他唯恐去迟了,有哪个不开眼的手下,不知好歹慢待了那对父女!

第七章
夜巷惊魂，何须枕戈待旦

浓重的夜色笼罩着鄱阳县城。

小城的居民一向有早睡的习惯，此时街道上已洗却了白日的繁华，变得空空落落、冷冷清清。

街边枝头的黄叶，似乎经不住秋夜的凄清，在微风中回旋而下。

远处偶尔传来几声犬吠，更显得这秋夜的鄱阳县城格外寂静。

冷月无声，夜色迷离。

只不过，恰如牛嚼牡丹般大煞风景，如此浪漫凄迷的秋街夜色，居然有人熟视无睹！

只见西林街的拐角处，正有两个鬼鬼祟祟的身影，在夜色的掩护下，忐忑不安地等待着受害人送上门。

这两个"小毛贼"正是小言和小盈。

他俩刚刚在鄱阳湖上唱完一出"捉放曹"，装还没来得及卸，便赶场子般来到吕县爷回家的必经之路，准备重施故技。

刚才乌篷船上的多情贼，正是放粗了嗓子的张小言，而他口中的那位"贤弟"，则是小盈姑娘勉为其难客串一回。

刚刚搞定外强中干的陈魁，按理说这回应该是轻车熟路。只是这次的环境换作了县城街道，要提防着附近的住户和行人，可不比方才那杳无人迹可以放手施为的鄱阳湖，所以二人反而比先前更加紧张。

"这吕老儿怎的还不过来？不会今天就准备在那水湖文社通宵了吧？"

小言看着在秋风中开始有些瑟缩的小盈，不禁暗暗着急，心道再这样下去，人没逮到，这儿先病下一个。

不过应该不会那么晦气，因为根据自己所得消息，那吕老儿即使再不情愿，也绝不敢夜不归宿。

小言不住地给自己打气，同时让小盈躲到街角避风处。

正在这两个路见不平的义士等得有些惶恐时，终于在他们的期盼中，这出戏的另一个主角——鄱阳县主吕崇璜吕县爷，慢条斯理地踱着四方步子，从街那边摇摆而来。

小言赶忙跟小盈示意了一下，两人便一起隐没到了黑暗之中。

"哇呀！"

接下来吕县爷的遭遇，和刚才他那忠心耿耿的属下基本一样，只是在细节上稍有不同。吕县爷被喂上了一嘴并不怎么好吃的破布团，叫嚷不得，老老实实地被提到一个僻静之处。

只不过吕老儿应该庆幸的是，充当主力的贼人很清楚地认识到，自己还不能很好地控制力道，瞧着吕县爷与街旁秋树相仿的身子骨，心道自己虽已能"举重若轻"，但还没达到"举轻若重"的境地，生怕一拳下去，这吕县爷当场便要丢了性命。于是，吕县爷向来缺乏锻炼的体格，让他幸运地免去一顿皮肉之苦。只不过，磕磕碰碰还是在所难免的。

只是，这两个冒失的年轻人不知道的是，就在吕县爷身后不远处，还跟着一名年轻的长随。由于小言和小盈都比较紧张，月光也比较暗淡，只盯着正主儿,对那长随一时竟没有察觉。而那个年轻长随,由于事出突然,一下子并没反应过来。正当长随缓过劲儿来便要惊呼之时,却已经软软地倒下。在长随后脑勺的位置,停着一只醋钵大的拳头!

自以为得计的年轻人毫无知觉,却不知刚才差点儿大难临头!

所有这些事情都似走马灯般很快完成。如果有人不小心看到,还会以为刚才那儿上演了一出皮影戏呢。

此后的事情,便与方才鄱阳湖上的那一出类同了。

向来只习惯于给别人做演讲的吕县爷,不得不接受了一通终生难忘的说教——没了听惯的阿谀奉承,只充斥着无法无天的嘲讽与恐吓。

这次小言他们调整了一下说辞,把自己描绘成大孤山上落草的贼寇,而小言和那个卖药少女的关系,也从那漏洞百出的一见钟情,摇身一变为指腹为婚的青梅竹马。

毕竟这吕老儿可不比陈魁那粗蠢汉子,稍有不察便有可能被他看出了破绽。

声情并茂的演讲,终于在吕县爷浑身冷汗中结束。以一个恐怖的威胁作为结语,两名不速之客扔下他便扬长而去。

挣扎了良久,吕县爷才从小言那砍了半天价才买回的廉价麻袋中艰难解脱出来。

身上黏腻的冷汗,被秋街透凉的晚风一吹,再加上刚刚经受的那通前所未有的惊恐和煎熬,吕县爷只觉得身心都格外难受。

定了一会儿神,他又踉踉跄跄寻着了他的长随,唤醒长随后,两人相互搀扶着往吕府方向蹒跚而去。

惊魂未定的年轻长随,并不知道刚才老爷身上发生了什么事。只看老爷失魂落魄的神色,机灵的长随便知道此时自己应该保持沉默。

夜路漫漫，一路无言。

表面看似平静但比长随多听了一番演讲的吕县爷，心中却掀起了惊涛骇浪。

他这辈子第一次发觉，自以为不可一世的一县之主，在遭遇路边强梁时，却原来也这般地孱弱与无能。再思量起过往自己的那些所作所为，恰如被当头棒喝，不禁冷汗涔涔而下！

此时他才幡然醒悟，原来大家敬他惧他，都是因为自己的那个官位和王法——虽然自己常常不拿王法当回事，可一旦有强人也似他那般藐视了王法，自己在这些强梁手下，也与那些常被自己欺压、任自己宰割的贱民无异。

而自己先前可以那样肆无忌惮无往不利，往往还是倚仗了他那身为州守妹妹的夫人，常替他收拾烂摊子，否则不用贼匪动手，自己早就被官场上的强豪打翻在地了。

吃了这番惊恐的吕县爷，此刻变得无比清醒。原来家中那个自己常常敬而远之的结发妻子，才是真正的爱己护己之人。念及此处，吕崇璜吕县爷不禁加快了脚步，向正有人等他回去的家中走去。

甫一进屋，吕夫人看到丈夫如此狼狈，不觉惊呼一声，顾不得责怪他迟归，只着忙问他出了何事。吕县爷却不作答，一把揽过妻子，颤抖着叫了声："娘子！"却发觉自己的娘子已经是鹤发斑斑，心下更是百感交集。正是：

> 常堪叹，
>
> 雪染云鬟，
>
> 霜硝杏脸，
>
> 朱颜去不回还。

椿老萱衰，

只恐雨僝风僽。

但只愿无损无伤，

咱共你何忧何患？

这一夜，多少人无眠。

且说小言与小盈干完这两件事后，一路狂奔回客栈，自以为神不知鬼不觉地溜进了客房。待到了房里，这两人和那吃了惊恐的陈班头和吕县爷一样，也是惊魂不定。

过了半晌，定下神来，两人这才发觉自己的双腿都有些不受控制，颤抖个不停，说不清楚是因为紧张、后怕、兴奋，还是这一晚上的折腾累得双腿抽了筋。

"回来了！"

"嗯，回来了！"

两人的声音都有些发抖，不过都从对方的眼睛里看到了喜悦。不管明日结果怎样，总算尽了自己最大的努力，并且平平安安地回来了！

其实在老成持重的大人眼里，小言这吓唬坏蛋威逼放人的法子，实在是有欠斟酌，有诸多冒险不妥之处。要是他们的话，必会反复考量迁延时日，无论如何也不敢这般轻举妄动、鲁莽行事。

可正因为小言这市井少年并不知天高地厚，小盈姑娘以前更是不知道啥叫害怕，反觉得小言这计划天衣无缝还很有趣，还可教训一下坏人，便忙不迭地唯小言马首是瞻。

所谓"初生牛犊不怕虎"，这俩莽撞儿女说动手就动手，居然三下五除二,一晚上便把这事给做成了。

虽然这夜的一帆风顺,与小言那还算周详的计划颇有关系,暗地里还可能有逛街路过的高人相助,但实在还是让人不得不佩服他俩的运气和勇气。

很多时候就是这样,对困难预想得越是清楚的所谓智者,反而更容易畏首畏尾不敢下手,以致永远无成。倒是那些不了解前路艰辛的"莽夫",因无知而无畏,莽莽撞撞地说做便做,不管过程中会遇到什么困难和挫折,最后反而把事情办成了。

闲话少叙,且说小言和小盈二人,虽然刚刚折腾了这么多事,却丝毫没有睡意。

小盈没回到自己的房里,便和小言在一起压低了声音,叽叽喳喳回顾方才的行动。两个年轻人越说越兴奋,结果更睡不着了。

于是,小言调侃小盈扮贼人的声音太奶气,又怪她临场把那"扔去喂王八"的台词改成"扔去喂湖神",不伦不类。

小盈则嘲笑小言那段多情贼子的表演太过火,笑他如此情真意切是不是真想娶个媳妇,直窘得小言大呼冤枉,极力辩白,力陈自己那些话都是从稻香楼酒客那里听来的。

两个不识愁是何滋味的年轻人,就这样畅聊到雄鸡唱晓,方才各自歇去。

第二天直到日上三竿,小言这才起来穿衣洗漱,然后便去看小盈起来没有,在走廊内却碰巧遇上了小盈家的车夫。

车夫跟小言道了声"早",然后似乎无意中提到,昨天望湖街上被抓去的那对卖药父女已被放出来了。

小言听了这消息立马喜形于色,按捺不住便去候着小盈起来,然后把这好消息赶紧告诉了她。

小盈听后也是乐不可支,看来昨晚那两场"捉放曹"起了作用,一晚上的奔波辛劳没白费!

且略过这俩年轻人不提,再说吕崇璜吕县爷。

他一大早便急急赶到县衙,在书房之中转圈,冥思苦想如何找个说辞命陈魁放人。正是说曹操曹操便到,却听得门外陈魁陈班头求见。

"这厮今日倒来得早!"

不过正要找他。吕县爷便赶紧回到楠木椅上正襟危坐,然后唤陈魁进来。

此时吕县爷心中已打定主意,虽说以往陈班头遇到颇有姿色的女子,便似猫儿见到腥一般再无放过之理,但这次无论如何也要逼他放手,昨晚那两贼人的恐怖话语可是言犹在耳。

要是陈班头实在不识相,也只好拿品级压他。只是最好还是不要撕破脸,毕竟自个儿以往的不良之事,这陈魁可是知道得一清二楚。

瞅了一眼正进来的陈魁,吕县爷心下顿时有了计较,端起茶盏抿了一口茶水润了润嗓子,然后咳嗽一声,便从他最擅长的玄学开始,滔滔不绝地讲了起来,为最后暗示陈魁放人大作铺垫。

可惜这媚眼儿却是做给了瞎子看,想不到陈魁心里也正如万爪挠心,端的是心急如焚!

他一大早赶过来请示老爷放人,却被吕县爷当成了水湖文社的同道。吕县爷阴阴阳阳有有无无地一大通,直灌得陈大班头晕头转向。

正自嗯嗯啊啊地不住称是,陈魁却突然想起昨夜那俩奸险贼人的凶狠手段,特别是午时之前准时放人的警告,顿时毛骨悚然,再也顾不得打扰正说得兴起的吕县爷的清兴,截住个话头插言道:"老爷,小的有急事禀告!"

"哦? 什么事?"被打断正自精心构建着的长篇铺垫,吕县爷心下着实不高兴,但这时也不便发作,尽量和颜悦色地让陈魁慢慢禀来。

"老爷,您看是不是可以把昨天中午小人抓的那对父女给放了?"

"噗!"吕县爷口里茶水一口喷出!

忽见老爷神色怪异,陈魁着了忙,赶紧把昨晚失眠一夜才准备好的说辞,用最诚恳最谦卑的语气娓娓道来,论证昨日自己对那对父女实在是一场误抓。

陈魁先为自己的失职做了沉痛的检讨,最后为了弥补自己的工作失误,主动要求从自己的薪饷里扣除释放那对父女的赎银,作为对自己疏忽大意的惩罚。

吕县爷强忍住想抱住陈班头的冲动,用符合县老爷身份的和缓语气,表示了对属下勇于承认错误的嘉许,并希望他最好能尽快改正这个失误,赶紧把那对父女放了。

鉴于陈班头办事一向勤勉,向来处事公平的吕县爷,这次也不会因为陈班头小小的失误,便要扣他的薪饷。

事先充分认识到此事艰难的陈大班头,却没料到今日吕县爷竟如此好说话。原来悲壮地决定拼着破财也要从这爱财如命的吕老官儿处虎口夺食,却不承想今日不知吹了什么风,自己没费多少口舌县老爷便痛快地准许放人。

陈魁委实想不出,向来"鹭鸶腿上劈精肉,蚊子腹内刳脂油"的吕县爷,竟还有如此廉洁高古的另一面。

自己以前是不是有些误会他了?

"不管怎的,昨晚的化险为夷和今天的顺风顺水,看来一定是自己的诚心祈祷被菩萨听到了,菩萨保佑着自己总是能逢凶化吉。这事办完后,便得赶紧去老爷庙还愿,把昨晚许下的猪头三牲尽快给菩萨送去!"陈魁陈班头正自胡思乱想，吕崇璜吕县爷也是暗自庆幸。

不知怎的，平时倒没怎么发觉，今天他越看陈班头那鼻青脸肿的面容，便越发觉得可爱。

嗯？鼻青脸肿?!

一直心神不宁的吕县爷直到这时，才发现属下的脸上青一块紫一块，恰似开了座染坊，便赶忙亲切地询问这位忠心的属下发生了何事。

"呃，这点小伤，是小的昨晚倒洗脚水，不防天黑地滑，脚下滑了一跤，就磕着了脸……"

"哦，那陈班头以后可要注意脚下。"

"多谢老爷关心，属下以后一定注意!"

"咦？老爷您的脸上……"

原来这时陈班头也发觉，面前的吕县爷脸上也有几道血痕。

"这个……其实是昨晚我见你主母怀里那小猫叫得心烦，便想要抓它扔出门去，却不料反被那畜生抓伤了几道!"

"哦！那老爷您以后也要当心了。"

这两人各怀鬼胎，谁也没注意对方话里的毛病。

"老爷，您没啥事的话，那小的就告退了！去把那父女俩放掉。"

陈班头生怕夜长梦多，无心逗留。

"尽快放掉!!!"

第八章
伶牙俐齿，哪管鬼哭神怒

　　且说吕崇璜吕县爷，遭此大难之后，却如醍醐灌顶，幡然大悟，从此竟痛改前非。吕崇璜仿效汉初无为而治的郡守曹参、汲黯，凡事只管大体，少问琐事，放手让鄱阳县的商户豪强来处理地方事务，自个儿则整天只知在衙门饮酒，或与夫人冶装冶游，或去水湖文社会友，成日里快活得紧。没承想反是这样，鄱阳县此后却年年风调雨顺，岁丰民富，竟成大治。

　　他那"吕蝗虫"的外号，自此再也无人提起。宽忍善良的老百姓，从此只知道鄱阳县有位英明旷达的"吕公"。

　　但是吕公吕崇璜的传奇并未就此结束。

　　吕崇璜年迈致仕之后，便只在家中与夫人一起颐养天年，却不料鄱阳湖那边的大孤山，竟真有贼寇占山而起，兵祸连延数村。

　　当时的鄱阳县宰乃是一介书生，为人孱弱，见贼人势大，一时竟惶恐无策，经人指点，只得登门向吕老前辈求教。

　　吕公听闻贼人恶行，大怒而起，登高一呼，应者云集。以"鄱阳吕公"的威望清名，不数日竟聚起数百民壮。

　　操练数日后，吕公不顾年老体衰，让左右用滑竿抬他上阵，督促民勇攻击贼寇。兵众见吕公竟亲上战场,感动之余各效死力,竟连战连捷,最终剿灭大孤山寇匪,俘虏贼人甚众。

吕公年高之际,犹以文职领武事,将穷凶极恶的贼寇剿灭,此事立即成为当时一段佳话。

鄱阳县一城民众俱感吕公大德,当朝皇帝也闻其事迹,亲书"当世伏波"金匾,赐他以示嘉勉。

而那个陈魁陈班头,自从那夜贼船惊魂之后,总觉得脖子上有些凉飕飕。从此他这个班头当得束手束脚,甚不爽利。

痛定思痛,经过深刻的经验教训总结,陈班头最终决定还是去当一个躲在暗处的贼人,才更有安全感。于是他便索性辞职不干,沦入盗寇一流。

谁承想,陈魁这厮衙门工作做得不咋的,却在盗匪一行有着惊人的天赋。最后,更是当上了大孤山匪寨的二寨主。

只是时运不济,想不到声势浩大的大孤山群寇,最后竟被吕公这半截都入了土的老头儿率人剿灭了。而陈魁,亦成了昔日老上司的阶下囚。

作为贼首被押至营中受审之际,陈魁一见是旧主当堂,赶紧叙起从前旧谊,希图吕公看在旧日情分上饶他一命,却没想,此举倒反而断送了自己的性命!

一名跟随吕崇璜吕老爷子起事剿匪的青年士子,一听这穷凶极恶的贼首满口胡言,竟跟自己素来视为偶像的吕公吕老大人乱攀交情,不免怒发冲冠,一刀砍下陈魁的大好头颅。青年士子向以快刀著称,吕公一时竟也阻拦无及!

如果有人了解前因后果,不免便要叹宿命无常、报应不爽吧。

当然,这些都是后话。那两个一手促成这两人命运转变的少年男女,现在却是毫无知觉。此刻二人正在鄱阳湖中的一叶扁舟上,往南矶岛飘然而去。

原来，为庆祝那对父女获救，小盈提议，请小言去南矶岛上的水中居吃鲥鱼。

小言心情也是大好，又听闻可以补全鄱阳湖名吃，与小盈一拍即合，于是便雇了一叶小舟，往水中居悠然而去。

待尝到水中居闻名遐迩的清蒸鲥鱼，饶是小盈见多识广，也不免大呼美味，而向来便与佳肴无缘的农家少年小言，更是吃得心旷神怡。

果然是"盛名之下无虚士"，占了天时地利的水中居，将刚离水的新鲜鲥鱼用恰到好处的火候蒸得滑嫩无比，入口又自有一股馨香。难怪陈班头这个经常多吃多占的坏蛋，也要来水中居一饱口舌之欲。

且说二人食罢，心情正好，又见天气晴和，长空万里有如碧洗，便在南矶岛上寻得一艘画船，登舟游览鄱阳湖的胜景。

晴空下鄱阳湖自有另一番风情。

近处的水面，映着日光，波光粼粼，似有璀璨的光华柔然流动。

稍远处，那水泊便似明净琉璃，湖面明瑟纯净。远睇飞鸢，体态翩然，如在画中一样。

目力所穷之处，却仍有云雾笼罩，只见烟水苍茫。秋水浸着遥天，上下清映，水天交接处渺然一色。

在这造化非凡的胜景之前，小言与小盈这两个少年，竟一时忘言，只沉浸在水光天色之中。

船移景换，不多时已来到一处高耸的石岛旁。

这石岛正是鄱阳湖中的另一处胜景——罗星山。罗星山所在水域属星子县城，已是出了鄱阳县境。

罗星山是一座小小的石岛，高约数丈，纵横一百余步，乍看便似星斗浮在水面。当地人都传说这罗星山乃天上坠星所化,所以又名"落星墩",当地亦有"今日湖中石,当年天上星"的说法。在此处极目远眺,已可隐隐望见庐山群峰的淡淡山影。

能坐上这艘要价不菲的画船的,大多是些油头粉面的纨绔子弟,也有不少携刀挎剑做些无本生意的江湖商贾。

在满船游客中,小言这个土里土气的少年和小盈这名瑞丽的少女,反倒似个异类,颇与众人格格不入。

见罗星山奇特,不免有人诗兴大发以助游兴。

比如那位看上去倒也风流儒雅的俊朗子弟,见有小盈在,更是整理整理绸袍衣冠,把手中羽扇轻摇,模仿着点将台上当年羽扇纶巾的周郎气派,咳嗽一声清清嗓子,便要吟诗一首,却不知现已是气爽秋高,再拿这羽扇出来现世,不免有装幌子之嫌。

小盈瞧他这做派,心下却是不屑,不过倒也好奇,想看看这个"小周郎"如何出口成文。

那个仁兄眼见成功地吸引了大伙儿的注意,特别是成功获得了那名少女的关注,不免心中暗喜,在众人瞩目中,终于开口吟诗:

远看此山黑乎乎,

上头细来下头粗;

若把这山倒过来,

下头细来上头粗!

抑扬顿挫地念完,这位仁兄秋扇轻摇,举目环顾,正是顾盼自雄。

满船游客,除了小言和小盈之外,不免或点头称赞,或做沉思品味状,唯恐被人看出自己无知无识。

于是小言按捺不住的大笑声，便在这一船人众中，显得格外刺耳分明！反而小盈那忍俊不禁的嗤笑，却被小言的大笑声掩盖住了。

正在踌躇满志、目空一切的才子，不禁闻笑色变。

他回头观看是何方高人发笑，却见原来是一个土气十足、满身粗衣布衫的少年，正在那儿乐不可支。

于是，这富家子弟心下不免恼怒，张口对小言大声呵斥："小子！难道你认为大爷这诗不佳?!"

听他质问，小言这才发觉闯了祸，赶紧谦恭回答："不敢！不敢！实在是小人见爷台这诗委实作得好，十分流畅易读！最妙的是它还非常诙谐幽默，小的被如此好诗感染，不禁有些失态，还望大爷您大人不记小人过，就此原谅小的！"

只是，虽然言语说得谦恭，那一脸还没来得及撤掉的笑容，却让他谦卑态度的效果大打折扣。这位仁兄觉得小言言不由衷，不免更加恼羞成怒，阴阳怪气地讥讽道："哦？倒没发现，这位土头土脑、一身华服的小哥，倒有如此见地，想来一定是满腹诗才了？那今日不妨便让大家见识一下！哈哈哈！"

说完，便放肆地嘎嘎大笑起来。

听了他这讥嘲的话，满船看客顿时也哄然大笑起来。

在这漫天的笑声中，已习惯遭人轻视的当事人，不觉得如何，倒是小盈被气得满脸通红，直叫小言一定要作首好诗，好让他们知道知道厉害！

谁知，满船笑声更为响亮！

见小盈因自己被人耻笑，饶是脾气再好，此时小言心中也不免暗怒。

并且，不知从何时起，小言潜意识里已有些不愿在小盈面前出丑，不由得双眉一竖,大声说道:"好!我今日便也来献丑一番!"

小言这含愤话语,端的是清脆响亮,满船的嗤笑声不禁戛然而止。众皆愕然:"呃?想不到这土了吧唧的少年,竟有如此好嗓儿!"

但见小言不理众人,昂然仰首,拍着画船栏杆,面对长天秋水,曼声清吟道:"罗星一点大如拳。"

众人闻得这句,待要嗤笑,却不知怎的,觉着这貌不出众的少年,以那空廓寂寥的青天烟水为背景,自有一股说不出的气势。

众人口中嗫嚅了半天,讥诮的话语终未能说出口。

同行的少女小盈,也是一脸惊讶,望着这个两天前才结识的同伴。

小言不知身后众人的反应,昂然吟道:

> 罗星一点大如拳,
>
> 打破鄱阳水中天。
>
> 醉倚周郎台上月,
>
> 清笛声送洞龙眠!

慨然恢宏的话语,抑扬顿挫间似乎蕴藉着一股浩然的天地之气,回荡在眼前这涵澹辽廓的水天之间!

小言在船边吟诵之时,众人尽皆紧紧盯着他的后脑勺,都想等他转过身来,仔细瞅瞅气势十足的少年到底长啥模样。刚才光顾哄笑了,还真没人留心这貌不出众的粗衣少年具体长啥样子。

终于,在众人瞩目之中,吟诵完毕的少年缓缓转过头来。

却见他一张脸正笑得灿烂,望向刚才那个羽扇摇摇的富家子弟,讪笑着征求他的意见。

许是这一场景与预想的反差太大，大伙儿一时竟没反应过来。

不过，小言那满脸谦恭无比的笑容，和那打着几块补丁的粗布衣裳，很快就让这些习惯趾高气昂的船客恢复了正常。

这些自信的富贵船客都觉得，刚才看到那小子威势十足，只不过是自己的眼睛被这日光映着水光一晃而产生的错觉。

只见那个秋扇公子，装模作样、摇头晃脑地品评一番，最后给出评语："还行，字数对头，只比我那诗稍微差上一截。不过已经很不错了！"

见这场风波已经平息，小言便回到了小盈身边。

小姑娘那壁厢却一脸不高兴，奇怪小言为何对这帮人如此客气。

倒是小言淡然一笑，告诉她不必与这些人计较，否则反而坏了他俩的游兴。

听闻此言，小盈这才释然。

其实小言心里，还有一个原因并没有告诉小盈，那就是他其实早已经习惯了这样的谦恭。

毕竟自己只是一个身份卑微的山郊穷苦少年，又有什么资格可以与那些有身份有地位的富家子弟计较呢？

只是，聪明的小言看得出纯真的小盈，对他卑微的身份并没有什么感觉，因此也就不再多言，免得又闹出另一场风波。

一般船到罗星山，鄱阳湖中的景色基本就算看全了。于是画船便转过舵来，掉头缓缓向南矶岛返航。

远远可以望见南矶岛葱翠的树影时，小言不免又想起水中居的清蒸鲥鱼，真个唇齿犹香。

正在回味美味，他又想到这鲥鱼倒还有个典故，之前只惦记着美食，倒忘了给小盈讲。这时正好讲给小盈听，也好冲淡罗星山那一场不愉快。于是

小言便开始兴致勃勃地把这个刚想起来的典故,向身畔的小盈娓娓道来:

鄱阳湖中的鲴鱼,因为腹薄如刀,鳞粗而光亮,浑身色白如银,古时亦被称为"银光鱼"。

与其他地方的鲴鱼不同,鄱阳湖的鲴鱼不仅四时都有,它那晶莹的额前更有一点嫣红。这红点鲜亮通透,煞是好看。

据说,上古时鄱阳湖中的鲴鱼也和普天下的鲴鱼一样,额前光洁如镜,本无红点。相传后来大禹治水之时,有个唤作无支祁的妖怪,在长江中下游鄱阳湖附近为害作乱,堵塞水路,弄得鄱阳湖洪水滔天,淹死了许多百姓,把方圆数百里之内俱变成了泽国。

大禹闻听妖怪恶行,便请得神兵天将前来帮忙。只见天将一斧砍去,便将堵塞的长江劈开一条通路,水路复畅,鄱阳湖的洪水便泻了出去。

只是许多年后,那妖怪无支祁却又死灰复燃,卷土重来,继续在鄱阳湖中兴风作浪。湖面上,整日里都是浊浪排空,渔人们根本无法下湖捕鱼,顿时失去了赖以为生的生计。

东海龙王得知后,便派他的太子小龙王前来鄱阳湖除妖安民。

小龙王法力高强,来到此地后一举成功。因功勋甚著,小龙王后来便被天庭封为"四渎龙神",掌管长江、黄河、淮河、济水四大水脉,与长江声息相通的鄱阳大泽,也就成了四渎龙神的一处洞府。

打这以后,东海老龙王每年四五月间,便派鲴鱼精捎带家书给小龙王。

家书递达之后,四渎小龙王便会用朱笔在鲴鱼头上点上一点,作为它已将家书送到的凭证。

此后,那送信鲴鱼的子子孙孙便在这鄱阳水泊中代代繁衍。这些鄱阳湖后裔也变得与天下其他水泽的鲴鱼不同,额头上都生出了一个鲜亮通红的圆点。

小言面对令人心旷神怡的湖光山色,将这段本来就很曲折动人的传说细细讲来,将那妖怪的穷凶极恶、天将的神通广大、龙王的父子情深,描绘得绘声绘色,直把小盈听得如痴如醉。

自小锦衣玉食的小盈,从没听过这样婉转曲折的故事,更没想到鄱阳湖的小小鲥鱼,竟有如此神秘而美妙的来历。一时间,竟听入了迷,浑忘了自己的所在。

正当两个年轻人沉浸在美丽动人的传说之中时,却忽听一个阴阳怪气的声音,不合时宜地在二人耳旁响起来:"什么龙王妖怪、鱼头马面,乱七八糟的!这朗朗乾坤,哪来那么多古古怪怪!你这臭小子,编这瞎话儿,只会哄骗那无知的少女!可你这厮也不对着这鄱阳湖,照照自己那副穷酸样子。真个不自量力!"

如此不和谐的噪音,正是发自刚才那个"下头细来上头粗"的仁兄之口。

那人一向会念几句歪诗,从此便自诩风流;又仗着囊内银多,自有一群闲徒帮衬,便自认才高八斗、不可一世,正是那种典型的"囊丰才瘦"的纨绔子弟。

只是,他向来自负高才,却不料方才在罗星山旁被小言这个乡下少年耻笑。

他何曾受过这气,回过味儿来,不免怒从心头起,正要寻机会伺机发作。不防那乡下小子,从此却是无比谦恭,似老鼠偷鸡蛋不知从何处下嘴,他一时竟不知衅从何起。

眼见南矶岛快到了,心急如焚之下若再找不到机会发作,难免胸中块垒郁积,从此便要落下心病!

正在左近逡巡彷徨之际,恰听到小言正说怪力乱神之事,他立时如获至宝,赶紧抓住话尾顺势讥诮一番。

却因实在憋得太久,不免语气有些气急败坏,更显得无比聒噪难听。

见二人没反应过来,他更是得意,用力摇了摇鹅毛扇子,回头跟满船人众高声怪叫:"诸位快来看哪!这儿龙王没有,想吃天鹅肉的癞蛤蟆倒有一只!"

那些船客也都并非善类,适才在罗星山旁吃了瘪,心中憋闷无比,也正想寻个机会发作出来,此时更是心领神会,极为配合地哄然大笑起来。嘲笑之余,更夹杂着诸般尖损刻薄的讥讽。见如此难得的放肆机会,连那船主艄公也都加入进来,极尽讥嘲之能事。

小言与小盈,充其量只是两个小小少年,何曾遇过这种场面。

在这满船人众的讥诮嘲讽中,两人虽然一时为之气结,却手足无措,不知该如何是好。

在满船的纷闹嘈杂中,谁也没注意到,在他们头顶这片万里晴空中,有一朵乌云,初时只有铜钱大小,却正在无声无息地缓慢扩大……

第九章
神威难测，劫后乍睹仙颜

正在小言怒不可遏，暗暗攥紧双拳，准备豁出去让那厮脸上开花时，却发现满船原本兴高采烈的讥诮声一时竟渐渐小了下去。

从怒火中渐渐平复下来的小言，这时才发觉，眼前这片熟悉的天地正在发生着骇人的变化：原本晴朗明净的天空，不知何时已是乌云密布。本来只是轻风细浪的鄱阳湖水，现在却似一锅正在烹煮的开水，似要沸腾起来。

在湖面上觅食的飞鸟，现在已踪迹全无，那些打鱼的船家，见着这古怪天气，也全都慌忙收网上岸。

这时候，在众人头顶乌漆的苍穹之上，正有千百道惨白的闪电，恰如细蛇般不住乱窜。在浓重深沉的黑云背后，隐隐听得有风雷滚动。

此刻，整个鄱阳湖上方，恰似有一口大锅倒扣下来。天穹如墨，涛声如沸，白昼顿如黑夜，朗朗乾坤刹那间变成恐怖的修罗地府！

"船家！快划船！快划回去！"

此时，船上众人个个惊恐万分，在这惊涛骇浪中东倒西歪，干号惊叫声不绝。或骂，或叱，或求，所有人都在催促着船主尽快将船划回。

小言和小盈也被这骇人的异状吓呆了，全忘了刚才的不快。

小盈毕竟是女孩子，身轻体弱，被周遭惶乱的人群挤得东倒西歪。

在此紧要关头，小言顾不得礼教大防，一把拉过小盈将她护在胸前。此后，小言脊背上不知吃了多少回大力的冲撞，他也只是紧咬牙关，忍住不言，只顾死死护住小盈。

"啊——这船动不了啦！"一声撕心裂肺的惨叫，从船主口中传来。

原来，正当船上的艄公拼命打桨时，却发现无论自己如何用力，这桨棹都似划在半空中，借不到分毫水力。

这画船，竟是寸步难移！

现在画船的尾舵，又似被铁水焊住，任艄公死力去扳，却只是纹丝不动！

船主比哭还难听的描述，立时断绝了众人逃回南矶岛的念头，大伙儿更像是没头苍蝇般惊惶无措。

虽然众人都急着逃离，但一时也无人敢跳下水去。看湖水诡异的沸腾情状，谁也不敢想象，一旦入水会发生何种恐怖的事情！

死亡的阴影，顿时笼罩在所有人心头。

正当船上众人陷入绝望，都以为自己这次在劫难逃时，却忽听有人一声惊呼，叫大家快朝南边看。

原来，在南天之上，原本乌漆如墨的黑云之中，忽有数朵红云闪现，并渐聚渐集，连环扭结，恰似赤字如火！

在满船人众惊恐的目光中，那赤字红云正渐渐向画船移来。

小言自经马蹄山上一夜古怪之后，不觉目力已变得越来越好，在众人还懵懵懂懂努力辨认赤云形状之时，他却已看到那几朵妖异的彤云正扭结成四个大字：小、言、小、盈。

这下，对小言来说不啻为晴天一个霹雳！

"想不到往日看过的那些个志怪神鬼之事，今日竟报应在自己身上！"小

言心中正叫苦连天,正待装作懵懂,将此情掩饰过去,却不防旁边已有人扯着嗓子大叫:"就是他俩! 就是他俩惹得湖神发怒!"

小言闻言大恐,侧眼看去,发现大叫大嚷之人,正是先前那个羞辱他的纨绔子弟。

此时这厮手中的鹅毛扇也不知丢到哪儿去了,袍歪帽斜,手舞足蹈,正如疯狗般指着小言和小盈狂嘶乱叫。

原来,这厮之前在一旁偷听小言、小盈二人对答之时,便听见了他俩的名字。这天上的如火赤字,一定便是指他们二人了!

众人见了赤字指示,闻听湖神发怒是为了旁人,顿时心下大安,心说:"谢天谢地,这下可找到替死鬼了!"

湖神老人家既然给他们明确指示出来了,那一定是不想误伤了他们,看来自个儿这条小命,这次是保住了。

只是,此番安然返回后,以后谁再敢跟自己提那"乘船"二字,定要打得他满地找牙!

一旦性命无忧,众人的脑子便又灵光起来,纷纷开始揣测这二人得罪湖神的原因。

先前似听少年诗里提到一个"龙"字,是不是便是那时,冒犯了湖中龙神的尊讳?

又听说这小子方才闲得没事时,在那儿扯什么妖怪无支祁,会不会便冲撞了妖怪他老人家的在天之灵?

正在众人胡乱猜测之际,却听得雷声越来越响,似就在头顶一丈之处滚动。

众人这才想起,甭管是龙神发怒还是妖怪寻仇,当务之急便是把这两人丢下湖去祭献。

于是，诸人便如同事先约好一般，一齐向两个少年逼去！

不过，直到这时前面人众才发现，这个貌不惊人的少年，竟有如此大力，他只管倚靠在船栏上死命推拒，他们一时竟是奈他不得！

其实，在听得那纨绔子弟的叫嚣之后，小言便和小盈对望了一眼。

今日这番，他们二人怕是在劫难逃了。

两人心下不约而同地想到，一定是昨夜二人做下那劫持命官的不法之事，惊怒了神灵，上天才降下了如此灾祸。

看来，真个是"人间私语，天闻若雷；暗室亏心，神目如电"，这天威难测，实在好怕人也！

正当小言与众人拼死相拒，快要抵挡不住的诀别之际，少女小盈反倒神色平静。往昔种种，今日种种，恰如电光石火般——在眼前闪过。

"今番就要与这少年，一起葬身在这鄱阳湖中吗？"

在此危急时刻，看着眼前这个正拼力护住自己的淳朴少年，小盈感觉心下竟有几分从容安定，似已不再惧那将近的死亡寂灭。

小言心中，却惦记着家中的老父慈母。

"都只怪自己这般胡闹，才遭此劫。"

"今番遇难湖中，看来是无法报答双亲养育之恩了。"

再看一眼身前的小盈，小言更如万箭攒心，暗骂都是因为自己，才连累了天真可爱的小盈。

念及此处，小言突地对面前汹汹人群高声叫道："各位大爷且住，听我一言！今番都是我无知，惹怒了湖神老爷，只是却不关这女孩之事，恳请各位叔伯能看在她一个弱女子的分上，放她一条生路！如若答应此言，我绝不再抗拒！"

没想这一番肺腑之言，却只引得一片喝骂。

众人只为保命,见那湖神结字示意要这二人祭献,万一打了折扣,最后神灵怪罪下来可不是耍子! 正是各顾性命,哪还管得和这少年废话。

见群情汹汹,小盈便对正自惶恐无措的小言轻轻说道:"昨晚劫人,我便说过不会丢下你先逃。今儿个,更不会看你一人赴死……"

看着才是及笄年纪的小盈脸上决绝的神色,小言不觉心中大恸! 只是今番事已至此,已绝无转圜余地。

想及此处,小言不禁一声长叹,推开死命挤来的两人,对面前众人说道:"看来今番我二人是在劫难逃了! 但请解给我二人一条小舢板,从此便生死各安天命。但如果各位不答应我这要求,我二人便是做了厉鬼也不会放过各位!"

要是放在往日,听了这厉鬼恐吓之言,这些人不免要嗤之以鼻。只是今日见鄱阳湖的种种诡异情状,恐怕神鬼之事也并非妄谈。

于是,虽然个个心中暗骂这少年哪来那么多废话,还不赶快主动跳下去好救老子性命,但又觉得既然这两人愿意离船献祭,给他俩一叶小舢板还不是小事一桩。在这奔腾如沸的湖水之中,片木凿成的小舢板又与一苇何异! 还是依这少年之言,赶快把这俩瘟神送走,省得夜长梦多吧。

这时满船众人竟是一个心思,赶紧给小言二人让出一条宽阔的通道,让他俩去船尾解下那叶小舢板。

众人尽皆屏气凝神,紧张地盯着二人的每一个动作。待亲眼瞅见两人登上那一叶孤舟,画船上所有人才都松了一口气。

漫天风波中,有两双手紧紧握到了一起!

小言、小盈登上舢板的一刹那,众人头顶酝酿已久的闷雷,似乎终于找到了宣泄的出口。众人只听得耳旁咔嚓一声霹雳,漫天的乌云为之震动,便似在那如火彤云处撕开一个口子，忽有一道面目狰狞的血色电光闪现，状若龙蛇，直朝小舢板奔腾而去！

云端惊天的霹雳、闪华的神电，来势迅猛无俦。无论是自觉难逃天谴的小言和小盈，还是画船上自忖已逃出生天沾沾自喜的众人，在这天地巨变前都状若痴呆，来不及有任何反应。

目不及交睫间，已是万事皆休、人鬼殊途。

瓢泼大雨，倾盆而下。喧腾的鄱阳湖似已远去，天地间又陷入了永恒的沉寂。

"……我这就死了吗？这、这就是黄泉路吗？"

良久，被惊心动魄的天地之威震晕的小言，悠悠然似乎又有了一丝知觉。

懵懂间，仿佛感觉眼前有一团朦胧的人影，正在焦急地朝自己呼喊着什么。

挣扎一阵，他终于睁开沉重的眼皮，却看到一张美丽的容颜。

"呀！"

刚见到一丝光亮的小言，却顿觉两眼一黑："罢了！终究还是没能逃过此劫！这般快便到了阴曹地府了，这牛头马——呃？"

想至此处，小言这才觉得有些不对头："地府有这么好看的牛头马面吗？！"

重又努力睁开自己的眼帘，于是小言便看到了他这一生中所见过的一幅最美的画卷：

已是云消雨霁的青天烟水之湄，一位仙姿艳逸、如梦如幻的少女，正一脸哀婉地望着自己，那一抹杏花烟润般的凄迷之色，更显得少女无比纤婉清丽，韵致横流。

见小言醒来，那仙子般的少女神色颇喜，不觉嫣然一笑。那一瞬间，在小言的眼中，少女眼波流转间的神光离合，仿佛刹那间照亮了眼前整个青天、碧水、白云、远山，与鄱阳秋水的波光一起潋滟、摇曳。

刹那间，似感应到这道不似人间凡尘的气机，小言身体里那股久未反应的月华流水，似乎也为少女的绝世芳华所牵引，与眼前这离合的神光一齐低回、荡漾……

和着流水的节拍，小言已是神思缥缈。刚在生死之间走过一回的少年，乍睹这绝世的玉貌仙姿：心欲想，已忘思；口欲问，已忘言。此时小言脑海中，再也容不下其他的思考，只是反复盘旋着塾课课文中的一句话：仿佛兮若轻云之蔽月，飘飖兮若流风之回雪……仿佛兮若轻云之蔽月，飘飖兮若流风之回雪……

"啊！"神思恍惚的小言，直到突觉被一股清冷的湖水浸到，头脑才又清醒过来，重又回到了眼前的人间。

原来，那少女见叫了几声之后，小言都不作答，便推了他一把。不料小言正斜卧在浅水之湄，恍惚间竟被推落水中。幸好岸边水浅，只狼狈了一番，小言很快就爬上了湖岸。

今日怪事见多了，小言不敢孟浪，便小心翼翼地问道："不知这位仙子，可认得在下否？"

"小言！我是小盈呀！"

薄嗔微怒间，一样妩媚都丽，流光动人。

"呃……"

看来今日这种种情状，真是在做梦，而这梦直到现在还没能醒。

到这时，见小言这般情态，小盈也觉得有些不对劲，便临水自照。待看清自己模样，不觉掩口惊呼一声！

之后，让小言接受自己便是小盈的事实，颇费了少女一番周折。幸好，最终朴实的少年，还是接受了她那"家父严命，自晦容光方能出游"的说法。

这番说辞，倒也合情合理。眼前少女如此美貌，如果不自晦容颜，绝不可能轻涉江湖之险，只能被锁在深闺里。

看来，到底是见识浅薄的乡下少年。一时间小言也没想到，如此精湛的晦容之术，岂是一个商贾之家所能消受的！

尽管淳朴的少年相信了小盈这番说辞，但鲜有机会见识美貌女子的小言，乍见小盈这可谓惊心动魄的样貌，还是很不自然。而小盈似也没想到会有这种状况发生，一时也颇为尴尬，不似之前那般自在。

过了许久，许是想起方才在那神鬼莫测间的生死与共，小言忽然抬起头望着小盈，展颜笑道："小盈！"

小盈闻言，也鲜活地一笑："小言！"

这两声对答，便让两人又回到了之前的默契。

此时，小盈原本束在头上的鹅黄发带，已被方才那番倾盆大雨打散失落。滑若丝缎的长发，瀑布般披散下来，于是小盈便在秋水之湄，以湖为镜，以手为梳，理顺她流瀑般的秀发。

不知不觉，日头已渐渐往鄱阳湖西头沉去。

秋阳的余晖，正映亮湖西半天的云彩。

霞光掩映中，在幽渺的鄱阳大泽深处，有一块小舢板正随波逐流，载沉载浮。

当夜幕将至时，某处已有些黝黯的冰冷湖水，吞没了最后一块依稀可辨的画船彩栏的碎片……

一天，就这样过去了。

第十章
月夜难眠，别时离梦踟蹰

　　经历了这半日的惊心动魄，小言与小盈都不免有些神思倦怠。

　　幸好小盈袖内尚有银钱未曾失落，便由小言雇得一叶小划子。少年打着双桨，这一叶扁舟便分开了夕阳下的鄱阳水波，直往北岸而去。

　　正在打桨的小言，想到昨日晚间，自己也在这鄱阳湖上干着同样的事情，不想只相隔不到一天，便发生了这许多事，恍惚间便如同隔世。

　　回想起下午鄱阳湖上的那番风波险恶，他手下不觉加重了划桨的力道。

　　此刻他再也无心多想，只想尽快回家。在他内心里，从没像现在这样，渴望尽快见到他以前天天见到的爹娘。

　　正蜷缩在船头的小盈，则用一顶竹笠遮住螓首，以遮挡她超凡脱俗的样貌，免得上岸后惊到众人。

　　与心思单一的小言相比，小盈心中更是思潮起伏。

　　她一会儿想起一个多时辰前，在那惊涛骇浪中的艰难险恶，便还有些后怕不已；一会儿她又想到自己此番已显露了真容，按照先前和爹爹的约定，现在应该回转洛阳了吧。即便自己再耍赖，但生性固执、只听爹爹一人之言的宗叔，也会逼着自己回去吧。

要是放在往昔，倒也没有什么，本来来饶州之前，自己游玩的兴致就已快耗尽。只是没想到，却在饶州小城遇上了这个好玩的少年。短短两三日的时光，却让她心里似是多了一丝牵挂，总也不情愿就这么离开烟波浩渺的鄱阳湖，离开朴实无华的饶州城，离开简陋却温馨的农家山村……还有正在划船的少年小伙伴。

念及此处，小盈转脸看向小言，却见他毫无知觉，正一心一意地前后划着桨棹。

"唉，像他这样简简单单地生活，也挺好……"

想起转瞬将至的离别，小盈心底感到一丝前所未有的惆怅与失落。

在出神的小盈身旁，小言正划开夕阳下鳞波泛彩的鄱阳湖水。

任谁也想不到，在一个多时辰前，眼前这恬静安详的水域，还是一派浊浪排空、阴风惨惨的修罗景象。

"也不知画船上那些人，是不是也像我们这般逃出生天……不过今儿个自己这番遭遇，也真个奇怪。"正在患得患失、心乱如麻的小盈，看着满湖的烟水，不由自主地想到，"按理说秦待诏的易容之术，即使遇着倾盆大雨，也绝不至被寻常雨水消散，为何今儿个自己却显露出了本来的容貌？"

……

在乘者的情愿或是不情愿之间，小舟终于靠上了北岸。

解缆系柳，弃舟登岸，回望来处，烟水苍茫。

这时小盈家候着二人回来的马车夫，已在鄱阳湖北岸等了大半天。

车夫因为目睹了鄱阳湖上的异状，不免心急如焚。

虽说善于筹算预言的成叔，临行前让他不必担心，且言道："老宗啊，小盈与那少年，俱是福缘广大之人，自有上天护佑，绝非人力可以加害，还请你放宽心肠。"

但成叔也非神仙，今日目睹鄱阳湖恐怖的情状，老宗心内仍是惶恐无措。他心说，如果小姐有什么万一，那自己便是万死莫赎了！

正在宗姓车夫万般焦急之际，却忽如久旱逢了甘雨一般，愁颜尽展。

原来，湖堤上远远走来二人，其一便是那少年，另外一个，虽然戴着竹笠，但显然便是小盈。

一见他们，老宗急急赶上去，半道迎住二人。正待要问长问短，却一时止住，只是怔忡无言。

原来，他看到了小盈竹笠遮掩下那恍若天仙的容颜。

"小姐，您这是……"过得片刻，老宗才小心翼翼地问道。

"宗叔，我想去小言家，劳烦你驾车载我们过去。"小盈并没回答老宗的疑问，只是请他备车去小言家。小盈的话语虽然声音不大，但语气显是毋庸置疑。

"这……好吧。"虽然宗叔欲言又止，但最终并没再多言，只是引着小盈和小言上了马车，然后抖一抖丝缰，长吁一声："驾！"

于是这辆马车便载着小言、小盈二人，离开了烟水苍茫的鄱阳湖，在漫天的霞光中朝马蹄山而去。

依稀暮色下的马车中，余光感觉着小盈已经和之前迥异的容颜，小言心中不由自主地想道："等到了家里，见前日的小盈突地变了样子，爹娘他们会不会以为她是妖怪？"

待宗叔的马车抵达马蹄山山下时，已是繁星满天了。

看到两天未归的儿子回来，老张头和老伴都很高兴。但当他们看清正走进门来的小盈时，二老不禁目瞪口呆、张口结舌！

小言见状，心说坏了，看爹爹和娘这般情状，十有八九是把小盈当成妖狐鬼怪了！正要开口解释，却听爹娘结结巴巴地说道："仙、仙女下凡了！"

小言闻听此言,这才松了一口气,心说这下便好办了,原来爹娘不以小盈为妖,反以为仙。

当下,待二老神情稍微平复,小言便把小盈先前的易容之辞又陈说了一遍,告诉二老眼前这才是小盈的真实容貌。只是这陈说中,略去了鄱阳湖上的那场惊魂巨变,免得二老吃惊受怕。

听了小言的解释,张氏夫妇这才明白过来。原来眼前这位仙子般的女孩,便是前日那名在自己家中做过客的少女。得悉此中关窍,二老反而不太吃惊了。

只见小言娘瞅着眼前的女孩,称赞道:"我看前日小盈那声音、那眼睛,便知一定不是像我们这般的粗陋女子。眼下这仙女般的模样,才和女娃儿的眼神嗓音相配!"

虽然以前听过无数的夸赞,甚至还有大学士为她题写诗赋,但小盈听了小言娘这朴素的赞语,却忽然觉得很不好意思起来。

待"惊艳"风波平复下来,善解人意的小言娘知道他们都饿了,便不再多扯闲话,只是摆上饭菜,请大家赶快吃饭。

宗叔也被请来一起入座,尝尝农家自制的松果子酒,还有腌制的山珍卤味。

在饭桌上,宗叔还是那样沉默,只闷闷地喝着酒,不发一言。

见他这样,小言一家人也只道他憨厚少言,并不以为异。小盈倒是笑语嫣嫣,细斟慢品着松果子酒。夜色笼罩下的山居小庐中,其乐融融,一室皆春。

用过晚饭之后,众人便还按上次的安排就寝。只是原先与小言一屋的成叔,换成了车夫老宗。

小言经过半天的折腾,比较累了,便很快睡下了。

正在少年魂梦昏昏之际，隐约间似听到窗外有人低语，虽然梦乡黑甜，但小言这次却是霍然惊醒。睁开蒙眬的双眼张望时，发现对面草铺上的宗叔已经杳然不见。

小言心下正自奇怪，耳中又闻得那低语之声隐约传来，便披衣起身，来到窗前。

只见苦树篱笆围成的院子里，正是月明如水。篱桩边有两个人影，似乎正在低声说着什么。仔细观瞧，那二人正是小盈和宗叔，似乎起了些争执。

许是怕屋里人听见，他们似乎都尽力压低了声音，话语几不可闻。小言此刻十分好奇，虽然隔了好远，但凝神之下，还是听到了只言片语。

似乎车夫宗叔正要小盈赶快随他回去，而小盈却有些不愿意。

隐约间，听到宗叔提到什么"我主、约定……千金之躯……万死莫赎……明日一早……起程"等等。

看两人的神态语气，似乎宗叔理直气壮，且句句都是肺腑之言，小盈姑娘则显得有些理屈词穷了。看来，最终她是拗不过宗叔了。

小言也是冰雪聪明之人，看到这一情状，如何想不到个中缘由。

一定是宗叔的主人、小盈的父亲，在小盈离家出外游历之前，曾和成叔、宗叔交代过，一旦女儿露出了本来容貌，便立即将她带回家中。估计小盈离家前也做过这样的承诺，才能出来游历吧。

有这样的约定，想想也不奇怪。江湖险恶，风波难测，以小盈这般容颜，实在是步步危机、寸步难行。现在她又露出了真容，想来她那忠心耿耿的仆役宗叔，也是怕少主遇到危险，才这般坚持着让她回转吧。

想通其中关窍，小言心下怅然若失，回到草铺上和衣躺下。不一会儿，窗外话语渐不可闻。片刻后，宗叔蹑手蹑脚回到自己草铺上安歇。

"想来，明日一早，小盈他们是一定要回去了。"虽然一直都知道会是这个结果,但经过这两三日的相处,此时小言心中仍感到无比失落惆怅。

于是,这夜便有人辗转反侧,再也难以入眠。

翌日清晨,所有人都在山村啾啾的鸟语中醒来。

用过早饭后,小言虽已知道但仍万般不愿听闻的话语,还是从宗叔口中说了出来:"我家小姐已在饶州迁延了这几日,现在也该回去了。这两天我家小姐多受张家小哥照应,在府上也多有叨扰,小姐与我心下俱是万般感激。这些散碎银两,请贤夫妇收下,聊表谢意。我们便要就此别过。"

也许他们的离去也早在张氏夫妇意料之中,夫妇俩倒也没有太多讶异。不过山村人朴实厚道,招待小盈主仆原就是他们的好客之道。因此见宗叔要给他们银子,虽然自家穷苦,但也绝不愿意收下。在朴实的老张头夫妇看来,如此招待,本就是主人应做之事,如果收他们银两,那与做生意的客栈食铺何异?

正在推拒之间,倒是小盈发话了。她让宗叔不必坚持,然后对张氏夫妇嫣然一笑,说:"这两天幸亏有小言做我的向导,方才玩得这般尽兴,因此在临别之际,我想送小言一件小小物事,聊表谢意。"

言毕,小盈便解下系在凝脂般颈间的一枚护身玉佩递给小言。

小盈此举大出所有人意料,但听她说出的话语,虽然声音轻柔,语气却是异常坚定,自有一股莫名的气势,便似任谁都反对不得,便是神色数变、正要出声阻拦的宗叔,最终也只是欲言又止。

小言接过那枚玉佩,珍藏在怀中,不发一言,只是奔回里屋。

正当众人不知所以时,却见小言又奔了出来,拿出一物对小盈结结巴巴道:"这个、这个是昨晚我做的,准备送给你做个纪念。"

原来,那是只用竹根雕成的酒盅,正是当初小盈爱不释手的那种小竹杯。

竹盅上犹有寥寥几笔刻刀剜成的画,原来是扁舟一叶,水波几痕,还有淡淡的数抹远山,画旁还刻着几个朴拙的字:饶州留念。

在小盈把玩之际,小言说道:"这只竹盏,是夜里我在院中借着月光做的。只是当时光亮微茫,实在做得简陋。也只想给你做个纪念,希望你能收下。"话语虽带着几分惶恐,但语气真诚。

"谢谢你,我很喜欢。"

小盈平静地拿着小竹盅,然后便转身缓步登上了马车。

"宗将军,起程吧。"少女微微颤抖着说道。

车辚辚,马萧萧,身后流连数日的饶州城,终于渐渐离自己远去了……

车中的小盈摩挲着手中这只简陋的小竹盅,看到上面歪歪扭扭的"饶州留念"四字,她双明眸中强抑多时的泪水再也忍不住了,夺眶而出……

正是:

碧云天,

黄叶地,

秋风起。

四围山色中,

一鞭残照里。

遍人间烦恼填胸臆,

量这大小车儿如何载得起……

第十一章
负恨雄行，激扬不平之气

天高云淡，望断南飞雁。

似那天边的一行归雁，载着小盈的马车，在小言的凝望中，渐渐消失在远方。

告别了小盈，对于小言来说，便似告别了一种生活。

与小盈相处前后不过短短两三日，对小言来说，却已足够刻骨铭心。

只是，对他这个出身山村的市井少年来说，"刻骨铭心"这个词，似乎已过于奢侈。相对整日为生活奔波的日子，与小盈这两三日的同甘共苦，只是生活中的一个偶然意外。当她远去时，这一切便都烟消云散了。

只来得及惆怅一小会儿，小言便猛然记起一件大事：他已两天没去稻香楼上工了！

"不能再在这儿发呆了！"小言心下暗暗责备自己，"得赶紧回去看看！指不定那刘掌柜有什么说辞呢。也许，狠狠扣一把工钱吧……"

且不提小言的惶恐，再说老张头，这两天正好逮到几只野兔，便想让儿子像往常一样顺路捎去城里贩卖。

不过这一回，小言觉得自己已经旷工两日，若如今再带着自家山产野物前去,刘掌柜就更不会有好脸色了。

想到这茬,他便跟父亲说明原委,于是父子二人一起赶路,直往饶州城而去。

等到了稻香楼酒楼,小言才发现事情要比他想象的严重得多。

由于两天没来,不光他这个月的工钱刘掌柜一个子儿也不给,更糟糕的是,他已被掌柜辞退了。

还想好言恳求几句,却发现大势已去。他那个位置,显然已被一个陌生的后生小子给顶替了。

其实,对于稻香楼老板刘掌柜来说,小言这两天没来上工,正中他下怀!以前打工少年小言便常常因为塾课拖堂,不能提前来上工,所以刘掌柜早就看他不顺眼了。若不是还瞅着季老先生几分薄面,小言早就被他一脚踹到门外去了。这两天这臭小子居然旷工,正是天赐良机,不仅可以名正言顺地解雇他,还可以趁机省下这个月在他身上的工钱开支。

于是,小言刚一提自己被克扣的工钱,刘掌柜便似被马蜂蜇了一口,一跳三丈高,随手拿来一只算盘,噼里啪啦一阵敲打,跟这个前伙计耐心计算他这两天旷工给稻香楼带来的严重后果。

这个稻香楼的大当家,也着实有些能耐,算到最后,连小言都开始为自己的斤斤计较感到羞愧起来。因为,通过刘掌柜的讲解,稻香楼不仅不应该补给小言钱,小言还得赔上一笔钱给酒楼!

不过小言不必再掏这份钱了。菩萨心肠的刘掌柜这样对他说:"唉,也就不提了。我这人,天生心软……"

于是等晕晕乎乎的小言醒过味儿来时,便发现自己不知何时已经主动离开酒楼,站在了大街上。

正所谓人要倒霉,喝凉水也塞牙。

正当小言漫无目的地在大街上闲走,到处张望有没有招工启事时,却忽见身旁几个小厮正笑闹着一路跑过,口里只是嚷道:"哦哦!泼皮六指,又赖地上讹人啰!"

听得此言,心不在焉的小言随意向小厮们跑的方向望去。

谁知,这无心一望,小言心下便是吃了一惊!因为,远处喧嚷的街角,正是他爹摆摊卖野物的地界。

"咱爷儿俩今天不会都这么倒霉吧?"

带着心思,小言赶紧一路小跑着奔过去。待拨开人群一看,他这气就不打一处来:原来被躺在地上耍赖的泼皮无赖孙六指死死拽住裤脚的不是旁人,正是他爹老张头!

憨厚老实的老张头,正被泼皮胡搅蛮缠得不知如何自处,忽见到常在城中混迹的小言赶来,似盼来了主心骨,赶紧一把拽住小言,把憋了许久的苦水倒给他听。

老张头心中憋着气,连说话声音都打着战。

听了爹爹一番语无伦次的诉说,小言总算有点明白这是咋回事了。

原来破落户孙六指刚才过来要跟老张头买兔子,却又不谈价钱,只是在那儿捧着兔子摸个不停。

正待老张头有些不耐烦,开口问他到底瞧好没有时,却不防孙六指突然叫起屈来,说兔子正是他家养的,昨天刚刚跑失,正到处寻找,正巧在老张头这儿发现了。因此这泼皮无赖就硬是栽赃老张头偷了他家兔子,耍横不仅他手里正折腾着的那只兔子得归他,还要老张头把其他几只也都倒赔给他。

孙六指摆出这副无赖嘴脸,老张头如何受得了,立马就被气得七窍生烟!

天可怜见,这兔子可是他辛辛苦苦在马蹄山下药埋夹逮来的。那山沟离饶州城还有十几二十里地,咋可能误捕了他孙六指的兔子?!

老张头一时气急,便说不出话来,只管劈手去夺孙六指手中那只兔子,却不料正中那泼皮下怀。孙六指顺势躺倒在地要赖,紧拽住老张头的裤脚,口中直嚷"打死人、打死人了"。

他这一番操作,反倒让原本理直气壮的老张头倒憋了一口气,吓得不知所措!

听过多多诉说,再看看眼前景象,小言对前因后果,便似吃了萤火虫的雪人,正是心中雪亮。

说起来,这位正躺在地上干号要赖的孙六指,他再熟悉不过了。

这厮正是饶州城里数得上号的泼皮破落户,因其天生歧指,大伙儿就都唤他孙六指,天长日久下来,他的本名倒反而无人知晓了。

孙六指最熟稔的无赖伎俩,便是专盯那些老实忠厚的乡下人,觑准机会便找个由头吵嚷,只待被稍稍挨上点皮,便立即躺在地上要赖。

那些被他讹上的乡下人,大多胆小怕事,一见他寻死觅活的架势,哪还敢和他争闹,只得乖乖把手头的山产土货拱手奉上,只求他能赶紧走人。

因此孙六指这一损招,倒真是屡试不爽,无往不利。

只不过今日,他惹上了也并非善茬的小言,恐怕便有些尴尬了!

此时小言刚被解雇,正憋着一肚子气,一看自己忠厚善良的老爹被泼皮讹诈,当即勃然大怒。

看着兀自在地上要赖的孙六指,他顿时怒从心头起,恶向胆边生。他往四下瞅了瞅,看有没啥顺手的家伙,正瞥见围观人群中有一位江湖豪客挎着一把环首刀,便一个箭步蹿了过去,高声喝道:"好个泼皮破落户!今日你自己作死,小爷便成全了你!"

说罢,小言右手便直奔那刀把而去!

话说正在小言要夺那把刀过去斩杀孙六指时，却被那挎刀汉子一把拦住。

那汉子见小言生得眉目分明，却没想到竟是这般鲁莽，一言不合就要因这小事杀人，实在不值。心中不忍之际，他便赶紧按住小言已握上刀把的手，劝道："这位小哥且住，且听哥哥一言！我看地上这厮只不过烂命一条，小哥何苦要为他搭上青春性命？！"

冲动的小言听了中年汉子的肺腑之言，却忽似悲从中来，语调悲苦地说道："大叔有所不知，现如今我已是了无生趣。今早，我那要好的伙伴刚刚离我而去，刚才去稻香楼上工，却又得知竟被掌柜解雇。我这命这么不值钱，还要它作甚……"

听着这凄凉语句，闻者无不动容。

却听小言语气一转，睁目怒道："虽然这位爷一番好意，只是爷不必阻拦。孙六指这腌臜，竟敢欺我老爹，今日我就是拼上这条性命，也要斩掉这厮的狗头！如此一来，还能全我张小言孝烈之名！好汉您请放心，斩了这厮之后，投官前我一定先帮您把这刀洗干净！"

说到这儿，小言已是激动万分，只听他大喝一声："六指腌臜快来受死！"

怒吼之音未落，小言轻轻一拂，便拨开了江湖汉子的手掌。于是众人只听锵啷啷一声，小言已拔出明晃晃的环首刀！霎时间，临近之人只觉一阵寒飕飕的刀风扫过，顿时忙不迭地朝后退去。

小言的老爹老张头，又何曾见过这种场面？原没想到自己整天笑呵呵的儿子小言性情竟是这般暴烈！一时间，这个向来与人为善的老实人，呆若木鸡，愣在当场作不得声！

一时没了人阻止，众人皆以为泼皮就要血溅当场，谁知道，操刀在手的小言刚来得及转身，却见那个原本死赖不起的泼皮孙六指，噌一下从地上蹿

起,揉开人群,屁滚尿流而去!

于是,等气势汹汹的小言操刀转过身来再看时,发现孙六指所躺的那处黄泥地上现如今已是空空如也,只有几绺兔毛还在地上寂寞地打着旋儿……

"嗬!这厮倒是腿快!否则定吃我一刀!"没捞着孙六指头颅的小言,还兀自在那儿恨恨不已。

且不提小言懊恼,围观众人却是都松了一口气!

谁也没想到,平时嬉皮笑脸的少年,这次竟是如此酷烈,为了他爹爹受讹,竟要豁出去与人博命。

只不过,虽然各自杵在这儿看热闹算是惬意,但若真要出了人命案子,则不免要惊动官府,震动地方,纷扰四邻,何况还会连累上这娃儿性命,实在不值!所以,见这事就此平息,众人倒也个个庆幸。

见事已了,大伙儿也就慢慢散去了。

那个被小言拔刀的江湖客,见他竟是如此悍勇,浑不把人命当回事,饶是自己走南闯北见多识广,见此却也不免暗暗心惊。因而当小言还过佩刀之后,这汉子也不敢和小言多扯,只稍微寒暄几句,告了个罪便立即走人了。

虽然众人已散,可刚才杵在那里半天没反应过来的老张头,现在却仍是惊魂未定。

刚才竟如此凶险,宝贝儿子差点儿就为自己的一点小事惹出人命!

一想到这儿,老张头心下就暗悔不已:"早知道儿子这般莽撞,自己就该把这几只野兔早点双手奉送!"

又回想起刚才那番刀光剑影,老张头直唬得面如土色。等心神稍定,他便出言埋怨起儿子的鲁莽来。

眼见老父着急上火,正绷着脸的小言却忽然哧地一笑。这一笑,倒把老张头吓了一跳！

老张头正云里雾里不知所以，却听小言给他细细解释："爹爹请放心，孩儿虽然不肖，却怎会是那种不知进退的亡命徒。我刚才只是想着那破落户孙六指为人无赖无比，若是今日咱忍气吞声遂了他心愿，不免被他看轻。

"与孩儿不同，这泼皮是不知进退的，今日若遂了他的愿，日后他不免缠上身来，如蛆附骨，无止无休。咱家可还要经常来这饶州城卖山货野产呢，委实吃不起这番折腾！

"所以，孩儿再三思量，不如便使出个绝户计。呵！这厮今日让我这般一吓，下次定不敢再来纠缠，正是一了百了之计！"

说到此处，小言看着爹爹神色已经平静下来，便又继续说道："哈，这番惊吓传扬开去，饶州城其余地痞无赖，若再要来烦扰爹爹生意，却也要先摸摸自己脖项，问问自己可有几条性命！"

经过前日夜里威逼放人那一遭，现在小言不知不觉间已是胆大心细，深知世上有些恶人必须对之用以酷烈手段。

老张头听得儿子这番话，也觉得有几分道理。

就说嘛，自己看着小言长大，他向来便不是那种胆大妄为之人。况且，他儿子可是跟着季老先生读过诗书的，绝不会这般鲁莽。

可话虽如此，老张头却又不由自主想到刚才那番凶险场景，他那稍微平复下来的面色又变得有些苍白，便对小言说道："娃儿啊！万一孙六指那厮真个无赖，躺在那儿只是不逃，或者拼着吃上你一刀，然后讹咱钱财怎么办？"

听爹爹如此问，小言只是从容一笑："爹爹这也不必担心。孩儿在去夺刀之前已经看过，那破落户所躺之处，正巧避过冰凉的青石板，只舍得卧在黄泥地上。您想这厮连冷都怕，今番又听孩儿与那江湖汉子的发狠对答，亲眼见我拔刀作势，哪还有不赶快逃走的道理？哈哈！"

　　说到这里，小言仿佛又看到孙六指那厮的狼狈模样，不禁放声大笑！

　　"好！好一个智勇双全的孝烈男儿！"正在这父子俩一对一答之时，却不防旁边突然转出一人，对正自开怀的小言鼓掌赞叹！

第十二章
神交已久，获赠玉笛神雪

父子二人转眼观看，却发现原来是一位褐衣老丈，正从货摊旁边转出，走到他们两人跟前。

看这老丈容貌，似已年岁颇高，但偏偏面皮红润，乌发满头。瞧他自旁边绕出的样子，步履苍劲有力，走路有风，并不像一般老人家那样拄根拐杖。看来，这老丈颇谙养生之道。

一番打量，忽想起老丈刚才的赞语，小言便谦逊道："呵！老人家谬赞了，刚才我只不过是吓跑一个地痞无赖而已，算不得什么大事。"

听他谦逊，老丈眉毛拧动，笑道："小哥此言差矣！方才老朽在一旁看得明白，小哥一见那泼皮纠缠，几乎想都不想便上前夺刀威吓，这正是小哥你心思敏捷、勇于决断。

"后又见你挑选夺刀之人，虽然那人是个江湖豪客，却面目清朗，额廓无棱，显非冒冒失失的鲁莽汉子。一般有这种面相之人，很可能会阻你拔刀，劝上两句，能让你有机会发发狠话，坚定那泼皮之心，让他以为你真有杀他之心！"

听老丈这一番分析，小言倒是目瞪口呆。

刚才那风驰电掣般的一番事体,他自己倒真没来得及想那么多。不过现在听这位老丈一分析,细想想,还真有些道理。

刚才若选个满脸横肉、歪眉斜眼的江湖莽汉,恐怕对方唯恐天下不乱,不仅不会劝阻,说不定还会主动将刀双手奉上。如此一来,自己哪有机会缓上一缓,也根本不可能有时间说出那一番威吓的话语来。若是那样,还真不知道刚才这出戏该怎么往下演。

看着小言这副若有所思的神情,面前这位矍铄老丈知道让自己说中了,便呵呵一笑,继续说道:"何况从小哥方才所言中,老丈也听得小哥能从那泼皮躺卧之处,判断那厮绝非怠懒非常、悍不畏死之徒。在那间不容发之际,小哥你还能有如此细密心思,怎叫老夫不佩服?"

"呵!惭愧!"小言听了老丈这番赞语,不禁心下快活。

他爹爹老张头,说到底只是个戆直村夫,即使老丈再三细细解释,却始终也想不大明白其中关窍。

今天碰到这位萍水相逢的老丈,倒对自己刚才那番喝退泼皮的作为分析得如此明晰透彻,这又怎教小言心里不乐开花呢?

满心欢喜之时,只听老丈又笑道:"所谓相逢不如偶遇,想来今日二位还未用餐,不如就由老丈做一回东,请二位小酌一番,你们看如何?"

话音落定,憨厚的老张头正要推辞,那老丈却不由分说,扯起他摆在地上的兔篓,便不管不顾地沿街而去!

见如此,张氏父子二人只好相从,跟在老丈后面一路行去。

其实对于小言来说,正巧刚丢了稻香楼的工作,还不知道今天中饭着落在何处,褐衣老丈此举倒是正中他下怀!

心中快活,稍一分神,却见老丈在前头健步如飞,自己稍一迟疑便已经落在后头。

看着前面老丈矍铄的模样，小言暗自咋舌，赶紧加快脚步，紧紧跟上。

正当张氏父子二人跟着一路小跑，有些气喘吁吁之时，那老丈已停在一处酒楼前。

停下来稍微喘了口气，小言抬头一看，发现这酒楼对他来说，正是熟悉无比。

酒楼自己片刻之前还来过，正是他今天上午那处伤心地稻香楼。

再说那稻香楼老板刘掌柜，见小言父子二人走进楼来，还以为这混赖少年还是为那俩工钱过来歪缠，刚要出言呵斥，却不防前面那位年长客官已在自己面前停下，并回过头指点着那对父子，跟自己响亮地喝了声："哒！这位伙计，我们这一伙三人，楼上雅座伺候着！"

一听自己被当成跑堂，一楼之主的刘掌柜差点没被一口气憋死。他刚要发作，却瞧见那老丈颐指气使的做派，显非寻常人物，因此刘掌柜只敢在心里不住暗道晦气，嘴上却丝毫不敢怠慢，恭恭敬敬地将三人引到楼上靠窗一处雅座坐下。

刘掌柜安排的这个座位，小言倒是记得清清楚楚。三天前，这里正是小盈和成叔落座的地方。

正所谓睹物思人，看到这熟悉的桌椅，小言便想起当时小盈对着一盘猪手跃跃欲试的可爱模样，不知不觉中便有一缕笑容浮上他的面容。却不防，刘掌柜无意中瞥了小言一眼，正看到这个前手下小跑堂，现在脸上挂着一丝笑意。

"笑成这模样，八成是这小子看到我刚才被人当成伙计，正偷着乐吧？"刘掌柜颇有些小人之心地揣度着，"这臭小子，真是可恶！"

等褐衣老丈点完菜后，刘掌柜悻悻然回到后堂，准备赶紧换上一套袍色光鲜的行头，到时再出来巡察。

且不提刘掌柜去后堂换衣服，再说那位矍铄老丈，等酒菜上来之后，便开始一盅接一盅地喝酒，并热情地劝老张头和小言二人喝酒吃菜，除此之外，他却是只字不言。

　　只不过，虽然小言也顺着老丈的意思吃着酒菜，却不像他爹那样懵懂无觉。

　　等老丈五六杯酒下肚，小言终于忍不住，放下筷子非常客气地询问："敢问这位老人家，想我们萍水相逢，却不知老丈为何对我如此青眼有加，还请我父子二人来此享用如此美食？不会只是因我赶跑泼皮孙六指这等芝麻小事吧？"

　　"哈哈哈！"正在一口一口灌酒的褐衣老丈，听得小言之言却是放声大笑，声音响亮，在酒楼中回荡，直引得整个二楼的食客停箸注目。

　　"小哥问得好！只是小哥有所不知，你我二人，其实神交已久！"

　　"哦?！可我和老人家似乎从未谋面啊。"

　　听得老丈之言，小言努力回想，但无论怎么冥思苦想，也全然想不起自己啥时和这位老丈相交相识。正满心糊涂时，那老丈又乐呵呵说道："对了，小老弟也不必一口一个'老人家'。如不见外，叫我一声'老哥'便可。其实我们相识，也只是昨日之事，小哥不会这么快便忘了吧？"

　　"昨日?"饶是小言平时机灵，此刻却颇为踌躇，心中竭力思忖，将昨天经历的所有事都在心中梳理了一遍：

　　"昨天上午，自己在鄱阳县平安客栈中睡到日上三竿才起；昨天中午，去南矶岛上的水中居吃鲥鱼，难不成他当时也在那儿吃鲥鱼？可是当时那间轩厅之中人也不多，要是真见了这老丈自己是绝对不会忘掉的。

　　"或者是下午？昨儿个下午那事情真是惊心动魄，自己一辈子都忘不了。难道这老丈是那艘画船上的一位游客？可似乎也没啥印象……这位老丈究竟是什么人？"

见他困惑，那老丈嘿然一笑，说道："小哥处事机敏，这记性却不甚佳。昨天在鄱阳湖上，蒙小哥替我宣扬当年事迹，临了又赠诗一首，怎么这么快就忘记了？"

听了老丈这话，小言还是有些莫名其妙。昨天下午鄱阳湖上那番凶异景象，太过惊世骇俗；后来又紧接着一个落水事故，他被震得七荤八素，此刻他对自己天变之前的所作所为实在已是糊里糊涂了。

见小言还是怔忡，老丈却也不多加解释，只是说道："老夫闻得先贤有言：'有心为善，虽善不赏；无心为恶，虽恶不罚。'小哥这几日的作为，正是那天大的'无心为善'之举！"

听得此言，吓唬过县老爷、一直心中惴惴的小言却是心中一跳，正待说话，却见老丈已经兴致勃勃地接着说道："惩强扶弱，不求己报，正是我辈大好男儿所为！痛快！可浮一大白！"

说罢，老丈一仰脖，咕嘟几声一杯烈酒就到了肚里。咂了咂嘴，他又说道："一想昨日之事，便是痛快！老汉想不到小哥作得一首好诗，想那句'醉倚周郎台上月，清笛声送洞龙眠'，妙！畅快！真个是淋漓尽致，又可浮一大白！"

话音未落，这矍铄老丈接连仰脖，又是两杯烈酒下肚。

不知是否酒喝多了，老丈现在话有些多了起来："两位却不知，老夫向来都是疾恶如仇，最看不得好人遭罪，恶人逍遥！唔……好一个'清笛声送洞龙眠'！看在此诗分上，老夫今日也要给小哥送上一份小礼！"

说到这里，这位意兴豪侠的老丈显已有七八分醉意，他满脸通红，端的是憨态可掬。也不等小言父子搭话，他便起身，口齿含糊地说道："等一等，待我看看这袖中带了什么物事。"

可能老丈出门时颇为仓促，这会儿在宽大袍袖中一阵掏摸，却是半晌无功，当下那张醉脸便更加赤红。

见此情形，小言便说道："其实老人家也不必客气，小子正是无功不受禄。说实话，我也不知这……"

正待谦让，却见那老头儿一摆手，喷着酒气、红着面孔截住小言话头叫道："我云中君说话焉有不作数之理。小哥不必着忙，待我再慢慢找找！"

于是小言父子二人便见这位褐衣醉酒老丈，闭上双目，口中不住念叨，倒好像往日见到的神汉那样神叨叨地念着咒语。

"哈哈！有了！"

正当父子二人疑惑这老头儿是不是醉得神志恍惚时，那云中君却突然哈哈大笑起来，显是得意非常，自夸道："哈哈！看来老夫记性还不差，临走时也没忘记带上一两件拿得出手的礼物。这真是个好习惯啊！喏，这管玉笛便赠予小哥了，正应那'清笛声送洞龙眠'！哈哈！妙哉！"

老丈自说自赞间，已从袍袖里掏出一管玉笛，不由分说就胡乱塞了过来。

小言见他已经半醉，怕和他推让间把玉笛摔碎，只好顺着老丈的意思把玉笛接过来紧握在手中。

见小言收下，老丈甚是高兴，有些口齿不清地说道："好！……我辈男……儿，正不应效那小儿女惺惺作态！"

听闻这话，小言本已到了嘴边的推辞话语只好缩了回去，只顾在那儿瞧着笛子傻笑。

他手中现在拿的这管玉笛，由玲珑玉石制成，非常圆润，仿佛天然形成；笛身淡碧，内中隐有雪色纹路，恰如春山翠谷中浮动着几缕乳色云霓。笛末的校音孔洞中，系着一绺梅花璎珞，丝色嫣红，随风飘逸，与晶润淡然的管身互为映衬,正显得相得益彰。

玉笛吹孔上方,用古朴的文鼎大篆镂着两个字:神雪。

这两个古篆字遒劲幽雅,正似画龙点睛之笔,顿时便让这玉笛古意盎然。

正当小言痴瞧手中玉笛之时,那半醉的老丈却突然一拍脑袋,叫道:"瞧我这脑子,真有些糊涂了! 恐怕我真是有那么一二分醉了……今天我送笛,算是赠人以鱼,却为何不索性授人以渔? 光有笛,没谱儿哪行! 等等,那谱儿……"

一口气说到这儿,醉醺醺的老丈舌头又打结了:"那谱儿,我、我应该也带了吧? 小哥且稍等,待我慢慢取来!"

于是小言又见那老丈闭上眼睛,一阵絮絮叨叨,然后又神情得意地从袖中掏出一物。小言定睛一瞧,见那物正是一本古丝绢书。这书深水蓝色的封皮,衬着海草龙纹底子,封面雪白的题额上赫然写着三个黑色篆书大字:水龙吟。

掏出这书,那老丈又是一顿胡塞乱送。

小言怕这好端端的绢面上沾上油水,只好又乖乖收下。

见他爽快,老丈十分高兴,举杯大笑道:"哈哈! 痛快! 这两天目睹小哥惩恶扶弱之壮举,又蒙小哥宣扬事迹、题诗赠赋之惠,老夫前日便助小哥一睹那人真颜,今天又能赠君以谱以笛,也算了却了老夫这桩心事。呃! 这酒是不能再喝了,若是再喝,我便要醉了! 二位,老朽这便告辞!"

连珠炮般说完这通话,这位已经十分沉醉的老丈便晃悠悠站起身来,嘴里还含糊不清地嘟囔着:"唉,任他什么英雄……好汉,千载之下……又复有几人识得! ……"

"伙计! 快来结账!"

说着，老丈便招手指点，叫左近那位"伙计"过来结账。

而被老丈点到、早已换了一身光鲜袍服的刘掌柜，不信这怪老头儿这回还是在叫自己，便兀自在那儿东张西望。正摇头晃脑时，却冷不防那醉老头儿又高声怪叫一声："左右瞧什么瞧？就是你了！快来结账！"

一经确认，刘掌柜便像泄了气的皮球，心中直道"晦气"，却又不好发作，只得赔着笑脸，磨磨蹭蹭地走过来，告诉老头儿这顿酒菜一共多少文钱。听他报完酒菜钱，红光满面的老丈便喷着酒气招呼一声："喏！这锭银子给你，接着！余下的，就找还给这位小哥吧。"

说着话，酡醉的老丈便歪歪斜斜地递给"刘伙计"一锭马蹄银，接着又咕哝了一句："你这老跑堂，穿得花里胡哨，却硬是没开始那个伙计机灵！"

说罢，便左摇右晃地朝楼梯口走去。

"老人家！小心脚下！且等一等我来扶你。"小言见那老丈已有八九分醉，脚下踉跄不稳，怕他摔跌，便高声阻拦让他慢走。

听他提醒，老丈回头龇牙一笑，道："不妨事！我又不是那愚鲁的醉汉！"

说着话，老丈继续往前晃去。见他这样，小言便要上前扶持，正在这时，却被刘掌柜拦住："我说臭小子，要你乱操啥心？那老头儿鬼着哪，哪儿那么容易摔到！喏，这是刚才这顿酒菜找下的钱。唉，真是浑人有浑福，也不知道你这浑小子今天走啥浑人运，居然混上这么一个冤大头——"

刘掌柜这一番嘲讽责骂，说到这儿却戛然止住，他抬起头，与面前这个前伙计骇然相视。

原来他点数给小言的找剩银钱，和他先前克扣下的小言的工钱正好分厘不差！

"……"

正当二人骇然相视，有些愣神之时，却忽听得扑通一下，然后一阵叽里咕噜的滚动声。小言闻声回头一看,原来那个醉老丈,果然脚下不稳,一个不察竟就此滚下楼去!

听得这骨碌碌滚动声,小言心下暗暗叫苦,顾不上和刘掌柜多啰唆,赶紧和爹爹老张头一起急急赶下楼去。

只是,等到了楼下大厅,直到出了酒楼正门,却发现大街之上行人熙来攘往、络绎不绝,那赠笛赠谱的醉酒老丈却早已踪迹杳然……

第十三章
因祸得福，花月暂息笛步

小言父子循着那酣醉老丈滚落的声音赶下楼去，却发现无论如何都找不着那老丈的踪迹。

"这位老人家倒是脚快。"老张头说道。

淡淡然说完，他却突然有些惊慌起来："呀！我说小言，你说刚才这老丈会不会是神仙啊?！明明应该摔跌在这里——罪过罪过——可咋就一转眼不见了呢?"

见老丈神龙见首不见尾，老张头觉得好生怪异。

听爹爹这么说，小言便道："不会吧，这大白天的，能给我们突然撞上个神仙? 这神仙还请我们吃菜喝酒，送这送那? 想想也不可能吧。我看，那老丈八成是被啥人扶着拐过街角去了。"

小言给他爹爹说出了另一种可能，否定了神仙之说。他这番说辞，实是出于孝心。以自己爹爹那戆直性儿，如果真以为这次遇到了神仙，从此不免要疑神疑鬼，干活睡觉都不安生了。

听儿子这么一说，老张头琢磨了一下，也觉得自己这想法太过荒唐。还是儿子提醒得对，要不然自己以后冒冒失失地说出去，铁定要被别人笑话！

只不过，虽然口中安抚了老爹，小言心里却止不住翻开了个儿。

在内心里，小言觉得此事确实颇为蹊跷。听那老丈含混之词，似乎对自己前日与小盈在鄱阳县的一番作为竟有些了解。不过幸好，这位知情的老丈对他俩的行为颇为欣赏，否则也不会既请东道，又送笛子和谱了。

"难不成真是遇到神仙了？"

虽然刚才编了个话骗过了爹爹，但他骗不了自己。不过想了想，还是觉得应该不是，就像他自个儿刚才说的，神仙怎么那么容易就让自己碰上？

对了！老丈这番作为，倒是非常像那些游侠列传里所写的风尘异人。

"嗯！应该就是这样，呵呵呵！"

小言觉得自己已经找到正解，便放下了一桩心事。

等这父子二人都已为刚才这番奇遇找到合理解释后，他们便开始商量接着干吗去。

老张头对儿子说："小言，还有两只兔子没卖掉，爹就先去叫卖了。你也两三天没去私塾了，赶紧去看看吧！恐怕季老先生已经生气了吧？"

"好吧，那爹爹一个人要小心了。"

"没事儿，爹这次就把这对兔子胡乱卖掉，不计较价钱。"

"好吧，那我就去了。"

"嗯。记着早点回来吃晚饭。"

父子二人就此道别。

只是，小言看着爹爹拐过街角，他自己却没挪动几步。

现在小言心里想的可不是去什么私塾。

这季氏家族的塾课，自己已读了这么多年，该看的经史子集也差不多都看完了；那些士族人家需要修习的诗书礼乐，自己也什么都能搭上点边儿。自己缺这几堂塾课其实也没啥关系，反正自己这寒门子弟，从来也没敢指望在这诗书上能混出什么衣食。现在对他来说，当务之急，便是得赶快再找一份零工，否则自个儿今后的饭食都成问题。

穷人家孩子早当家，虽称少年，但小言现在实在不好意思赖在家中吃白食。

去哪儿呢？稻香楼？看刘掌柜刚才那番气歪鼻子的嘴脸，这稻香楼显然没指望了。那该去哪儿呢？小言一时间犯了难。

这时候，头顶上日头正好，大街上人来人往，不停有忙碌的人流从呆立的少年身边经过。

呆呆想了一阵，为衣食发愁的小言突然眼前一亮："对了！我咋把刚才那个老人家送的东西给忘了呢？"

正没个主张的小言，忽然想起刚才老丈赠笛赠谱的情节，心说自己还没拿这笛子试试音呢。想到这儿，小言便赶紧走到一个僻静处，把那笛子从怀里掏出来，准备试着吹奏一番。

说来也怪，这手中的玉笛神雪，不仅模样清爽不俗，材质恐怕也有些特异。

按理说，一般玉石琢成的笛子，入手沉重，并不适宜长时间举在那儿吹奏；况且石性坚硬，不似竹材那般清韧，以玉石为材料做成的笛子，吹出的音符往往没有竹笛那般清脆悠扬。因此，虽说这世间并不乏玉笛，但基本上都只是有钱人家拿来做幌子的。

要么挂上一条绢丝璎珞，再打上一只红檀木架，当菩萨一样供在书房中作为装饰，此谓"花瓶"之用；要么有些风流子弟，寻常会友时笛不离手，拿着傍身，看上去平添几分雅质，大抵也就与那"秋扇"异曲同工。

总而言之，这世间一般所谓的玉笛、白玉笛，其实就是一根空心石棍，江湖侠客拿来舞弄，或能趁手，正经乐工实是不大吹得的。

而这玉笛神雪,怪就怪在这里。它入手虽非轻若鸿毛,比那寻常竹笛却也重不了多少;吹奏起来,其乐音婉转悠扬,却比竹笛更加清灵。

于是才试吹了一小会儿,小言便差点热泪盈眶!

"真要好生谢谢那位老丈! 我张小言,也终于有笛子啦!"

难怪小言这般激动。在他读书的季家私塾中,也设有礼乐课程。礼乐课程中用来教授子弟识谱的入门乐器,便是那种最普通不过的竹笛。

可是,即便集市坊间那些寻常的竹笛费不了几个钱,但家境穷困的小言还是负担不起。对于张家来说,这银钱要不是用在衣食穿用上,那便是罪过。

因此,每逢这种课程,小言便会去野山竹林中截得一支竹管,然后自己用刀按规格在竹管上间隔着剜上八个孔洞。

只是,虽然这笛子制法简单,只需拿刀剜洞,但竹子并非豆腐,要想在竹管上凿出个不带棱角的圆洞来,却着实不是易事。

往往,小言最后剜就的孔洞,看上去不圆也不方,或七边,或六角,八个孔洞八般模样,实在不规整。

这么一来,他那些自制的笛子的音效也就可想而知了:往往低音还勉强凑合,高音就实在是惨淡非常、不忍卒听了……

于是乍得真笛满腔兴奋的少年,便又翻开老丈相赠的那本曲谱《水龙吟》。

只不过这回,他却有些失望。原来这本薄薄的曲谱书中,用工尺符号记述的笛谱委实出人意料,让人匪夷所思。这《水龙吟》之曲,多用羽音,高亢至极,并且常在变徵之外复又变徵,实在是……

"不是人吹的!"这是小言的评价。

等兴奋劲儿过去,找工作的问题重又摆到小言面前。

只不过这一回，小言没像开始那般六神无主。很快，他脑海中便灵光一闪，叫道："有了去处！"

原来小言瞥见手中新得的笛子神雪，心下顿时便有了主意。

他猛然记起就在前几天，自己从饶州城最大的酒楼花月楼前经过，无意间瞧见花月楼门口的照壁上贴着一张大红的揭帖，上面说"诚聘笛师"云云。

那时小言只是路过时无聊，看着那红纸晃眼，便去瞧了个新鲜。此刻既然自己丢了稻香楼的饭碗，又蒙豪爽之士送了一支笛子，那自然是要去酒楼碰碰运气了。

只不过现在想起来，离那揭帖张榜已经有四五天了，不知道有没有人捷足先登。

去花月楼应聘，现在差不多已成了小言唯一的指望，便不免患得患失起来，于是他赶紧加快脚步，朝前门街上的花月楼飞奔而去。

其实，正所谓关心则乱，小言这番担心倒是多余了。他所在的年代，能吹上两首笛曲的男子，不是有钱子弟就是文人雅士，他们显然不会委身于商家的酒楼，来和小言抢饭碗；而那些有足够抢饭碗理由的穷苦子弟，却根本没心思也没空闲来学这不事农耕的乐器花活。况且，他们之中即使有人想学，也不一定有这机会。从这点想来，小言能蒙季老学究教诲，也可以说是穷困子弟之中的异数了。

男子之外，那些女子，她们中倒不乏乐工之流。只是这饶州小城，女子里实在找不出几个人才，何况这笛子又有些特殊。世间有言：竹音之宜于脂粉者，唯洞箫一种，笛可暂而不可常。盖男子所重在声，妇人所重在容，吹笛弄管之时，声则可听，而容不耐看。

此言所说倒也差不离。想女子吹笛之时，气充塞而腮鼓胀，任你什么花容月貌、落雁沉鱼之姿，也变得惨不忍睹。

只是虽然善吹笛者不多,但酒楼乐班里,笛子却是不可缺少的,丝竹乐班要出旋律,主要就靠它。因此,不知自己正是稀缺人才的少年张小言,倒是白白担心了一遭。等他赶到花月楼前,欣喜地发现那红色揭帖仍在,只是颜色黯淡了些。大喜之下,小言便直接跟酒楼看门的说明了自己的来意。

听他所言,再仔细打量打量他的模样,看门的倒有些犹疑。不过转念一想,既然这么多天也没人来应聘,现在好歹有个送上门的,自然要让掌柜夏姨知道。

等看门的通报后得到允许,小言便随他进到里间,见到了花月楼的掌柜夏姨。

也许是笛师确实难求,没经过多少折腾,小言只是拿玉笛简单吹了几个小曲儿,便通过了夏姨的审查。掌柜夏姨没对小言的业务水平提出多少疑问,反倒是对他手中那管神雪比较感兴趣,向这个衣衫破旧的少年问这问那,问他是从哪儿得来的如此好笛。

听夏姨问起,小言倒也没有多加隐瞒,把上午那番情由略说了说。流水般说下来,只听得夏姨不住感叹,直道他"运气真好,遇到了异人"。

等安顿下来之后,小言发现自己对这份新工作非常满意。在花月楼当乐工,虽然工钱并不算多,但总比自己原先那几份零工要高出不少。况且,在花月楼中打工,最大的好处便是花月楼包他食宿,解决了他多年悬而未决的最大生活难题!

更让他有些喜出望外的是,夏姨说如果他运道好,遇上个把摆谱装阔的富家子弟,一曲吹下来说不定还会有额外的赏钱。虽然赏钱酒楼要抽三分之一,但对于从来就没真赚过啥像样钱的小言来说,这些都已算得上是收入丰厚了。

对于小言来说,入花月楼还有另外一个好处。虽然花月楼是饶州城最大的酒楼,但毕竟饶州城不大,也非要冲之地,往来客商并不甚多。因此在这花月楼里,白天他们乐班基本上没啥事做,只有到晚上豪客喝酒时,才会被叫出来在一旁奏曲助兴。因此他正好可以趁白天无事,出去听季老先生的课,或者去干些别的杂事。

当然,虽然身入酒楼当乐工,小言可从来没想过会被他那些士族同窗耻笑。对他来说,脸面倒是其次,找到衣食门路才是首要。只要能正经赚钱,哪怕再卑贱的事他也愿意去做。

事实上,这几年在季家私塾读下来,小言这个穷苦子弟在私塾中不知不觉间竟累积了一定的威望。

他这个山野少年,书塾中的异数,不光读书聪睿快捷,而且还身强体健,平时上树掏得着鸟窝,下河捕得到游鱼。几年下来,在私塾中这些富贵出身的同龄孩童眼中,他竟是那般神通广大,几次打架淘气下来,小言俨然成了一个孩子王!除了衣食不如人,其他时候竟能一呼百应,没人敢瞧不起他!

第十四章
净宅弘法，惊闻米店妖踪

也许真是老天护佑，小言确实找了份好工作。自从他在花月楼担当笛师之后，他的生活便变得比以前轻松多了。特别让他感到惬意的是，从此他再也不必每天来回十几里路地两头赶了！

而那久违了的清河老道，现在也明显对小言热络了不少，常常带他做些赚钱的零活。

这一天上午，清河老道又有一宗生意上门。原来是城里祝家米行的老板祝员外差人来请，请他这位饶州城著名的上清宫资深道士，去给他们祝宅做场小法事净宅。

说到祝记米行的祝老板，在饶州城也算是数得着的人物，他家米行生意红红火火，家财雄厚非常。

"这趟差事的酬薪应该不在少数吧？"一听是祝记米行的老板相请，老道心里立即就乐开了花，当下不敢怠慢，赶紧奔去花月楼叫上小言，备足诸般用品，装好一担让小言在后面挑着。很快，这老少二人便跟着祝家家丁一路颠颠地来到祝家宅院。

到了祝宅之后，老道便要穿上法衣，跟往常一样吩咐小言铺排开物事，准备着手求符水净宅院。

正在呼呼喝喝间，祝员外却请老道不必着忙。只听肥头大耳的米行老板说道："咳咳，那个，清河仙长一路劳顿，还是先用些饭食再说。净宅一事，也不急于一时。"

听得有饭吃，清河自然不会推辞。于是祝员外便吩咐下去，叫人安排下酒席，请老道和小言入席用膳，自己也在一旁相陪。

"果然是大富人家，就是客气得紧！"见主人殷勤，又有好酒好菜，老道更是乐不可支。

小言也是心中暗喜，心道今日真是好运气，不光赚些外快小钱，还让自个儿蹭到一顿好饭食。只是吃得高兴之余，小言却不免觉着有些奇怪，因为那个在席上相陪的祝员外，绝口不提净宅的事，只是热情地劝酒劝菜，与早上那个来请他们的祝家家丁急吼吼的样子实在有些不相称。不过此时大家正是酒酣耳热、满嘴流油，也管不了那么多，还是先落个酒足饭饱再说。

等到四五杯酒下肚，老道清河面红耳赤，便有些飘飘然起来。

在酒力的作用下，老道的嘴便跟没了闸门似的，开始吹嘘起他的高强道法来。只听醉醺醺的老道满口自夸道："祝施主，想贫道来这饶州城之前，曾在罗浮山上学过多年道法。倒不是贫道夸海口，寻常求个符水净个宅什么的，只是小菜一碟。"

听老道开口吹嘘，祝员外在一旁不住地夸赞附和。

等再有两杯酒落肚，清河老道醉颜更甚，嘴里更是不知所谓，一顿胡聊海侃之间，不觉便扯到自己的师门上清宫上去了，只听老道夸说道："鄙门上清宫，那道法委实是高深莫测！虽然老道愚钝，但学艺多年，倒也是略通一二。甭说那些求符净宅之类的小事，便是寻常拿个妖降个怪什么的，却也不在话下！"

没承想,此话一出,那个在一旁一直插科打诨凑趣的祝员外,却是腾地一下子站起身来,挪动着肥胖的身子飞快离席,给清河老道恭恭敬敬地作了个揖,诚声求告道:"不瞒仙长说,今日请仙长前来,正是有一事相求。贵派上清宫道法高深,有降龙伏虎之能,这是天下皆知的,鄙门不幸,这宅中出了个把妖异,今日正想求仙长垂怜,施用上清宫神法将那妖孽降服!"

一听祝员外这话,那位正自扬扬得意的清河老道,正执着酒杯准备往嘴里灌酒的手一下子便僵硬地停在了半空中。

祝员外这一番话,正似那六月天浇下一瓢雪水,让已有五六分酒意的清河老道酒一下子就醒了!

此时老道心中大呼不妙,心说真是六十岁老娘倒绷了孩儿,今遭竟让自己吃上一桌鸿门宴!可笑自己还以为是遇上一桩美差,没想到却接了一个烫手山芋!

恼恨之余,瞥了一眼祝员外,见那张胖脸上满是虔诚。

一见这情形,老道心说这做惯生意的米行老板还真是奸猾,先是好酒好菜让吃着,好言好语捧着,奉承得自己云里雾里,夸下这漫天大的海口,弄得不好收场之时,再来下嘴说出这一番恳求,真个是让人不好推辞。

只不过,祝员外老辣,清河老道却也不是嫩茬。老道心中埋怨祝老头儿请他吃这鸿门宴,表面却是脸不红心不跳,正了正神色,对祝员外一本正经地说道:"员外此言差矣!依我看这饶州城内景气清和,怎会有什么妖异!想那妖相种种,皆由心起。我上清门中尊长曾有教诲,说是:'有此妖耶?是心所招。非此妖耶?是心所幻。'祝员外啊,所谓妖异,皆是空幻,但空尔心,一切俱灭啊!"

清河老道跟祝员外这一番装腔作势故弄玄虚,小言一瞧,就知这老小子心里害怕,只想蒙混过关。

小言心中暗笑："这老道平时求符勘宅时，总是拿腔捏调有板有眼，一副道法高妙、道貌岸然的模样，没想刚被人几句话一吓，还没看到妖怪模样，却已要求饶。"

不过虽然心中暗笑，但此刻自己与老道正是一根绳上的蚂蚱。小言想了想，正待替老道遮掩几句话，却听祝员外说道："道长有所不知，虽说怪由心生，可鄙宅这妖却是实实在在有啊！"

一听此言，老道与小言老少二人俱是眼皮一跳。

只听祝员外继续道："大概就在半个多月前，鄙宅中就不安宁了。白天常有瓦石望空处抛掷，夜里更是鬼声呜呜，闹个不停；偶尔没人处，还会突然起火……反正诸般诡异，闹得家中鸡犬不宁！还请仙长大发慈悲，救救我祝宅合家老小！"

祝员外这一番话，让原本只是来混些外快的老少二人直听得心中发毛。

"是哦！那妖怪好可怕……"

插话的是祝员外那有些钝钝呆呆的儿子祝文才，只是这话刚说了半截，便被他老子给瞪了回去。听得"可怕"二字，老道更是面若死灰。

稍停一阵，小言见气氛有点冷场，便插话问道："这……这妖异出现半个多月了，难道就没请啥道士法师？"

清河老道敬业，每次小言跟他出场，都会让小言换上一身旧道袍。只是小言虽一身道门衣冠，但从来也没把自己当成道士。听他这么一说，祝员外一时也没听出什么不对，只是顺着话答道："当然请啦！我连鄱阳县三清山的王磐王道长都请过了——"

"结果怎样？"虽然明知答案不妙，但这老少二人此时仍希冀奇迹发生，顿时不约而同地出声急问。

"唉！失败了。这宅中种种怪异，还是纷乱如故。王道长不知为何，自那日来鄙宅降妖之后，回去便一病不起，至今还在床上养着。他那门人弟子前些天整日来我米行前厮闹，倒让我赔了不少医药钱，才落得门前清净！"

虽没再说那怪如何，但这番话听在清河与小言二人耳中，却更是觉得毛骨悚然了。

要知道，那三清山的王磐道长，可是附近他们这一行中最为杰出的人。

于是老道的脸色唰的一下变得煞白，只管吭吭哧哧地胡乱说道："咳咳……这个、这个降妖捉怪之事……对了，这降妖捉怪之事，原本不在话下，只是今日贵府家丁来请时，只说是求符净宅，因此贫道走得匆忙，那惯用来降妖的法宝便忘记带上了。不如待贫道先回去，拿足了诸般降妖法器，明日再来！"

一听此言，小言心中不由暗赞："妙！果然，生姜还是老的辣！"

亲密合作过这么多次，清河老道的家底自己知道得一清二楚，哪见过有啥顶用的法宝法器？这分明就是虚晃一枪，要学那鸿门宴上的汉主刘邦，脚底抹油，走也！

什么"明日再来"云云，那都是胡扯！小言敢打赌，老道前脚出门，便一定会悄悄出门云游，或去鄱阳湖采买鲜货，或去三清山探望得病的道友，无论干啥，反正饶州城近日甭想再找到他这一号人！

只是，所谓"道高一尺，魔高一丈"，设计摆下鸿门宴的祝员外，见好不容易有法师落入圈套，又岂能再犯当年西楚霸王的错误？一见老道脚底开始往门口移动，当下他便一把扯住老道衣袖，叫道："仙长一定要救命啊！小人全家现在正在水深火热之中，一日也忍不下去了！还望道长发发慈悲心肠，解我合家于倒悬。至于那忘带的法宝，道长不必烦恼，有什么法器可列个清单，我赶紧叫家丁前去按单拿来，不敢再让仙长玉趾劳烦！"

瞧祝员外这情急的模样，看来那妖怪也真把这祝宅搅扰得不堪。

对祝员外来说,自那位三清山的王磐王道长出事以后,家中至今门可罗雀,今儿好不容易逮着一个法师上门,自然不会让对方就这么轻易走掉。

见祝员外坚留,清河老道有些六神无主。

正在这时,倒是他的跟班小言出言解围:"请恕我多嘴。祝员外啊,我有一事不明。听您说种种怪异,显然那妖怪闹得很是酷烈,白天还会扔砖掷瓦,但为啥我们来了一直到现在,贵宅中一切正常,还是没啥动静?"

"咦?……这倒是啊!"听了小言这话,祝员外才想起来,早上这妖怪还在宅中厮闹,可自打这一老一少上门,宅中便景气清明,那妖怪真个就安分守己,连声响儿也不曾发出一个。

想起这茬,祝员外心中奇道:"怪了!难不成这清河老道还真有些门道?这也真说不定,想这上清宫天下知名,门中定是藏龙卧虎,即便清河道长只是一个采买的杂役道士也定是不同凡响啊!"

祝员外有这番心思,显见他今日请清河来也是病急乱投医,只是拿死马当活马医。

没想今日那妖怪竟如此反常,不再出来作乱。只是这对清河与小言来说却并非好事,在祝员外心中,眼前这位以往名声一般的清河道长,不知不觉中已变成了大有希望的救命稻草。

正当祝员外心中欣喜时,却听清河道长说道:"唔!刚才我这徒儿说得很有道理!您看我们到贵宅,到现在都没啥怪异,祝员外你可不要戏弄贫道!正如贫道先前所言,这饶州城乾坤朗朗,又怎会有妖异?妖由心生,妖由心生啊!老道这便就要告辞!"

清河老道现在是一门心思想溜,借着小言刚才那话说完,立即站起身来想走人。

"啊!仙长请留步!"见这根救命稻草要飘走,祝员外赶紧一把拦住。

此刻老道再也顾不得装那道德样子,见祝员外阻他,颇为不悦:"我说祝员外! 你这般阻拦却待怎的? 难道今日贵宅还一定要变出个妖怪来让我捉不成?"

听得老道这重话,祝员外恰如热锅上的蚂蚁,心下暗自叫苦,埋怨自家宅上这妖怪竟这么狡猾,还会看风向,见有高人在此,便安静异常,都不出来凑趣闹上一闹。

如今眼见这救苦救难的高人拔腿就要走人,祝员外心下不住叫苦。当此两难之时,权衡了一下,祝员外觉得现在也顾不了太多了,当即便狠了狠心肠,高声叫道:"事到如今,没办法了! 只好用那一招了!"

第十五章
魔凳功高，恨妖凶而路窄

祝员外这番话语说得低沉喑哑，只听得眼前想着脱身的老少二人毛骨悚然，仿佛眼前明亮的花厅，竟好像顿时暗了一暗。

而那个正站在一旁的祝夫人，听丈夫突发此言，不禁惊呼一声，带着哭腔喊道："老爷！不要啊!!"

带着惨音的声音回荡在整个花厅之中，让人感觉出一种说不出来的死寂。

正当所有人被这凝重诡异的气氛压迫得喘不过气来时，忽听得祝员外对身旁的儿子大喝一声道："文才你这不肖儿！脑袋蠢笨得就像块榆木疙瘩！"

此言一出，祝家合家人一阵慌乱，特别是那个少公子祝文才，听得老爹责怪，更是惊慌失措。

整个花厅中，老道和小言二人见祝员外顾左右而言他，只字不提妖怪，反而管教起子女来，不免有些莫名其妙，懵懵懂懂站在原地。

又等了一会儿，见祝员外没了下文，老道才忍不住出言相询："祝员外，你说的那一招，到底是啥？怎么还不赶快使出来啊！"

"仙长,我那一招已经使出来了啊!"

"啊? 就、就是刚才那句恨铁不成钢的教训话?!"

见他这样不着调,老道更加不悦:"祝员外! 你是不是觉着我乃方外之人,便可随意戏弄啊?"

听他责怪,祝员外牙齿相击着颤抖说道:"道、道长,您、您不觉得这花厅之中,有什么古怪吗? 得,得得……"

面对老道的质问,祝员外却结结巴巴答非所问,并且浑身颤抖,牙齿不住地上下打架!

听他说完这番话,想明白祝员外的意思,老道和小言不禁毛骨悚然,连忙朝四周仔细打量。老少二人用目光把这花厅暨摸了好几圈儿,却委实看不出什么怪异。清河老道不由和小言对视一眼,然后又把目光转回到魂不附体的祝员外身上,却发现祝员外牙齿打战得更厉害了,一时间竟说不出话来,只是将手指向东面墙壁。

见他指示,老道和小言定了定神,做好了瞧见诸般恐怖景象的思想准备,才敢战战兢兢地循着员外所指方向转眼瞥去。

却见花厅东面,在那堵粉壁之上,画着一株花色灿烂的海棠树,海棠树的一枝虬干上有一只立着的鹦鹉,鹦鹉红翎绿羽,神态宛然如生,惟妙惟肖。

正在二人紧张观察之时,突然间,不防画中那只鹦鹉忽地翎羽皆张,怪声叫道:"妖! 怪! 妖! 怪!"

这猛然一声叫,直把老道和少年惊得冷汗直流!

只是,待片刻之后惊魂甫定,老道却是嘿然一笑,顺手撩起放在一旁的桃木剑,回头跟祝员外说道:"不就是一只成了精的鸟妖嘛! 至于怕成这样? 且待老道前去捉来,正好烤来下酒吃!"

清河老道见画中鸟妖身体娇小,似还不够自己一桃木剑击下去的,顿时胆气复豪,跃跃欲试。

"……不是啊,仙长。"见清河老道跃跃欲前,祝员外却道,"妖怪并不是那只鹦鹉啊! 那鹦鹉其实不是画,是一只真鸟。只是我央人在那海棠枝上凿了一个小小壁孔,然后从墙后面插入一只鹦鹉架,让这鹦鹉在上面扑腾跳跃,远远瞧去就好像这画活了一样! 嘿! 这可是小可花了重金才弄成的!"

说到得意处,祝员外牙齿似乎不上下打架了,说话又利索了,看上去还颇为自得。

"哦! 原来是这样啊,真的很有趣哦!"小言听了祝员外这话,觉着确实很有意思。

"不错! 果然匠心独运,不愧为饶州城大富之户……呃!"说到这儿,清河忽然醒悟过来,恼道,"祝员外,你这是什么意思? 难道今日请我们来,便是为了夸耀宅中布置? 你这几次三番戏弄于我,到底是何居心?"

清河老道错把活鸟当成了真妖怪,自觉在人前出了丑,不免有些恼羞成怒。

见他恼怒,祝员外赶紧赔罪道:"仙长莫恼! 都怪小可方才没说清楚。其实不是那壁画有问题,而是画前刚出现的那条春凳作怪! 仙长可要慈悲为怀,救我全家!"

听得此言,老道和小言再次朝东墙根望去,这一次才注意到,在那幅海棠树画前,不知何时多了一条四脚春凳,正歪歪斜斜搁在那里。

春凳有两臂来长,凳面宽大,凳子的棱角处颇为光滑,显见已是年代久远,不过凳身还算清爽干净,看来主人勤于擦拭,保养得不错。

听祝员外那意思,似乎这条春凳刚才并不在那儿,只是他叫唤了那一声,这凳子才在东画壁之前出现。

"听你说,便是这条榆木春凳在作怪?"老道有些疑惑地问道。

"正是如此！仙长果然法眼如炬，这坏就坏在它是一条榆木春凳上！"

"哦？榆木春凳很特别吗？唔……榆木打制成的凳子坚固耐用，不易被虫蛀，经久不坏……呃？这普通平常的一条榆木春凳却如何和妖怪扯上边？员外，你不会又是跟我炫耀家具吧？"

祝员外听得老道怀疑，不再分辩，只管念起刚才的那句话来："脑袋蠢笨得就像块榆木疙瘩！"

老道听他又念起这句没头没脑的牙疼咒，心中好笑，正待出言讥讽几句，却不料，就在祝员外话音刚落之时，异变陡生！

清河老道忽听身旁小言哎呀一声，抬手让他往东画壁那儿看！

老道循声望去，却见方才那条平常无奇的长大春凳正发生着诡异的变化：原本洁白的凳身，忽有一股猩红之气蒸腾弥漫，仿佛这榆木春凳被祝员外"指桑骂榆"的话说得羞辱难当，正涨红了脸。那四只凳脚，现在竟活动起来，就像野兽的四足，正不停地刨地，仿佛就要朝这边奔来。榆木春凳凳头那两块泛着深褐色的木节疤，现在却好似两只人眼，正愤怒地盯着这边——

这条原本并不起眼的榆木春凳，现在突然变得生机勃勃，仿佛已变成一条恶狗！

"我的妈呀！还真是个妖怪！"

一见这情形，老道心中叫苦连天！

对于小言来说，虽说上次在鄱阳湖上经历的那番风波大作、电闪雷鸣的异象，气势比眼前大了不知多少倍，但他满腔的惊恐，却一点也不比上次差。

那慢腾腾、悄无声息的变化，更加恐怖瘆人，小言只觉一股寒气自背后冒了上来，竟已是起了一身鸡皮疙瘩！

正惶恐万般，却见老道身旁的祝员外，看见那凳妖蠢蠢欲动，直吓得屁滚尿流,噌一声跳到了老道身后——看不出他那样肥大的身躯,竟还能躲闪腾挪得如此敏捷!

等躲到安全地方后,祝员外便慌慌张张地不住催促:"仙长,快施法啊!这妖怪发起怒来可凶狠得紧!"

一听这话,老道更慌了神,赶紧操起桃木剑,同时把食指放进嘴里。

此时,他面色已变得十分凝重。

"咦? 老道你这是在干啥?"

小言见老道在危急关头,不思如何抵御降妖,却在那儿只管学小童吮吮哧哧吮指头,不禁大为奇怪。

听他这么问,老道嗤之以鼻:"笨蛋! 到底没见过我道家真法! 真正厉害的法术,都要咬破舌头或是咬破手指,喷一口鲜血在法器上,这样法器的威力便会大上数十倍! 今天本道爷见这妖怪凶恶得紧,不出点血是不成的了!"

只是,话虽如此,这咬指头或者咬舌头,可实在不似吐唾沫那般容易。

手上的皮肤,本就坚韧非常,牙齿又不似刀锯那般锋利,实在太难咬破,况且十指连心,自个儿咬自个儿手指,格外吃痛,除非穷凶极恶之人,又怎么可能狠得下心只管下口?

别听那些茶楼酒肆说书的,上嘴唇一碰下嘴唇,将那"咬破舌尖,喷一口鲜血在桃木剑上"说得飞快,似乎轻松得紧,其实认真做来很是不易。

因此眼见老道忙活了半天,却只在他那老指皮上留下几颗牙印,连一毫血丝都没流出来!

且不提这边一片忙乱,却说那凳妖,在观察了一阵之后,觉得对面那两人并不甚强,便忽如恶犬一般将身子往后一挫,蓄足了势头,然后只听呼一阵风响,榆木凳妖便似风雷一般猛地蹿了过来。

正躲在老道后面,拿高人当挡箭牌的祝员外,正觉得自己还算安全,谁承想自己却是凳妖的首要目标!

那凳妖来势凶猛,却又敏捷异常,唰的一声,凳身似水蛇般扭了过来,曲折着朝祝员外冲去!

"吧唧!"迅雷不及掩耳之间,祝员外将近两百斤重的肥大身躯却似稻草人一样被撞飞起来跌得老远。只见他一阵翻滚,从花厅中央直飞到西边照壁,一路带翻家具花瓶无数,最后着陆时又压坏了一张座椅!

还没等众人反应过来,力量惊人却又十分迅捷的凳妖,便似虎入羊群一般,在花厅中左冲右突,直把众人撞得人仰马翻,哀号不绝!

一阵狼奔豕突过后,花厅众人大都被撞翻在地,嘴里不住呻吟。

连老道士清河,现在也被撞翻躺在那张八仙桌底下;他那柄桃木剑,现在上面倒是涂满了鲜血,只不过那是老道被撞后从嘴里喷出来的。

放眼望去,原本富丽堂皇、精心布置的祝宅花厅中,已是一片狼藉。

花架倾颓,桌凳歪斜,瓶碎花折,酒菜四散,水流一地,更兼伤丁满目,便恰如一片刚刚激烈鏖战过的战场,花厅中先前那富贵繁华的气象已经荡然无存。

便连那只祝员外引以为傲的壁画活鹦鹉,方才也拽断了腿上系着的小绳,仓皇逃到窗外,绕宅三匝,似乌鸦般呱呱叫了几声,然后往远处民宅中逃去。

只是,当众人尽皆被撞翻在地时,小言却仍是分毫无损,正孤零零伫立于狼藉花厅中,显得格外刺眼。

原来,刚才那只凳妖前奔后突,侵掠如火,但偏偏都绕过了张小言这个市井少年。

完好无损的小言心下也是感到莫名其妙,心中不住胡思乱想:"难道这

妖怪竟如此通灵？竟晓得我力气大，怕撞不飞我，便不敢来招惹？"

正在小言胡思乱想、心存侥幸之时，却不防那凳妖转过身来，用它那两只疤"眼"直勾勾盯着他，四足不停刨地，似乎正踌躇着要不要过来攻击他。

"惨啦！到底还是躲不过！"

"不要过来，不要过来，不要过来……"

小言现在唯一能做的，只能是不住地祈祷。

其实他明白，哪怕自己力气再大、身手再敏捷，也丝毫无用。不远处那妖怪的速度实在太快，榆木又坚硬异常，在那样的闪电般撞击之下，自己绝不可能抵挡得住。

正当小言不住向各位过路的神仙祈祷保佑时，却忽然惊恐地看到，那凳妖似乎终于下定了决心，身子往后一沉，然后只听唰的一声，整个凳身就好像一道盘空横过的闪电，以雷霆万钧之势，朝自己飞射而来……

第十六章
只手碎魂，毙妖巧得真经

眼瞅着那凶狠的凳妖跳梁而来，小言也不甘心坐以待毙，立马向旁边迅捷闪躲。

他现在身手已算十分敏捷，在凳妖扑来时还能在这花厅中上蹿下跳、左躲右闪。

他现在的神志也已变得十分清醒，他在闪躲奔逃之时，就好像脚底长眼，恰好能避开地上躺着的那一众伤丁，没给这些不幸的人再带去额外的痛苦。

现在，清河老道那双已有些模糊的眼睛里，只能看见一条人影在眼前迅速闪动。

只是，虽然小言急速奔逃，但人力毕竟暂时不及妖力，即使以他这样的速度，也只是片刻间就被凳妖赶上。

霎时间，倒地众人只听得嘭的一声，那凳妖狠狠撞在小言腰间。

虽说小言一直在奔跑，有一定速度缓冲，但腰间正是人体柔弱之处，被如铁般坚硬的榆木疙瘩一撞，委实不好受，当下便疼得龇牙咧嘴，脚下一个趔趄，被撞得朝旁边的一根红漆柱子飞去，咕咚一声撞上，然后便慢慢萎靡在地。

小言只觉得自己腰间就好像刚被烈火烧灼过一样，火辣辣地生疼，浑身上下只剩下痛觉，提不起半分力气。现在他连站都站不起来，更甭想再去左闪右避了。

"只愿这凳妖能有些灵性，见我受伤便就此罢脚，放我一条生路……"

现在小言只能在心中不住祈祷，期望那妖怪不要赶尽杀绝，放自个儿一条生路。按照有些志怪小说里的说法，好像这种可能性也蛮大。

只可惜，那只精力充沛的凳妖，却不晓得什么得饶人处且饶人，况且是个榆木脑袋，真的只知道不停地攻击。

不一会儿，斜靠在红漆柱脚上的小言便无奈地看到，那个刚刚攻击得手的凳妖，四脚交错着朝后移动了一段距离后停了下来，然后身子一躬，猛地一蹿，在他绝望的目光中又朝自己这边扑来！

"唉，这妖怪真是要赶尽杀绝啊……"

小言现在只觉着万念俱灰。那凳妖不容他多想，瞬息间就离他只有一步之遥了！眼睁睁看着大难将至，却偏偏无能为力……

正当小言以为自己在劫难逃时，他那正痛楚不堪的身体不知不觉间却起了一阵熟悉的变化。当小言放松心神只等凳妖来攻时，他身体里那股只出现过两次的流水，却在这个紧急关头，如静夜中的雾气悄悄出现了……

小言万念俱灰之时，这股流水潺潺般的感觉，忽然又从他浑身亿万毛孔中生发出来，说不清来处，也说不清去处，只在他整个身躯之中流转，起伏，荡漾……

如果此时有谁目力绝佳，好到能来得及辨清电光石火间的变化，便会看到眼前忽然出现了一幅奇诡非常的画面：

先只见那凳妖迅疾无比地撞向小言，却在触及小言身体的一刹那，忽然不由自主地按照某种频率振动起来，并且由快到慢，由慢到停……眨眼之间，凶猛无比的凳妖已硬生生停在小言身前。

事实上，没有谁能看清这一变化，这一切都发生在一个极细微的瞬间。

那位努力睁眼目不转睛看着凳妖如何攻击小言的清河老道，刚才也只能看到那只气势汹汹的凳妖正朝小言惊雷般奔去，却突然在碰到小言身体时硬生生停住了。

当时看到这一幕，老道本能的反应便是大发慨叹："唉！想不到这妖怪对力道的控制，竟到了如此收发自如的地步。想来今日我败在它手下，也算不冤枉了！"

感慨到这里，老道似乎又想起什么，立即生起气来："咳咳！这妖也忒可恶了！为啥刚才撞我时只发不收?! 哎哟！"

老道正自悻悻然，却不防又牵动了胸前的伤口。

而正在闭目等死的小言，虽觉着身体里那股流水又出现了，但仍是来不及反应——文字可以从容描述，但实际上从身体出现异状到妖物撞身，前后只是眨一眨眼的工夫。而他早已做好思想准备，等觉着有异物碰着了自己，立时便哇呀一声叫唤起来！

"好痛——"

还没等那个"啊"字出口，小言便觉着有些不对劲。咋一点儿都没感觉到痛呢？相反，浑身倒还有些麻酥酥的！

觉出不对劲，小言赶紧睁开眼，却发现那只原本气势汹汹的凳妖，现在却挨在他身上一动不动，似一只撒娇的小狗般腻在他身上不下去。

"怪哉！难道这凳妖曾与我相识，竟手下留情了？"

看着眼前异状，小言百思不得其解。不过不管怎样，这番从天而降的大难，却在临头之时莫名其妙地消弭于无形。

"咦？咋又是它？"胡思乱想一通之后，小言才忽然发觉了身体里这股圆转的流水。

小言奇怪地感觉到，这股流水在自己身躯中荡漾的频率越来越快，它从开始的涓涓细流，正一点一滴地慢慢壮大。

正当小言奇怪这已是第三次出现水流之时，却看到身前挨着自己的凳妖也正在慢慢发生着奇怪的变化：原本涨红了的凳身，正在慢慢褪却鲜红，渐渐又变成苍白的颜色，而这颜色与它初始时那种晶莹柔润的洁白又有不同，榆木凳妖现在正变得惨白惨白，似乎郁积着一股死气。

自己身体里这股莫名其妙的流水，曾在马蹄山和鄱阳湖两次出现，小言已喜欢上这种既奔动又恬静、既漫溢又和谐的感觉。

只可惜，随着眼前这只凳妖身上最后一缕红丝褪尽，小言身体里这股奇妙的流水也似泉归山涧，逐渐消逝无踪，任凭主人如何不甘，也再难把握它丝毫踪迹。

流水退去，小言心下正自怏怏，却忽然发觉眼前这条惨白的榆木凳子，仍挨擦着自己。看着这惨淡的颜色，小言浑身立马起了一层鸡皮疙瘩，几乎本能地一拳挥起，想将它击开。

"哗——"

出乎小言意料，他这一拳下去，这只原本硬固如铁、坚韧无比的榆木凳妖，竟被他随便一拳便击飞出去，横撞到旁边的墙上。凳妖摔到地上时，浑身已起了龟裂的纹路，正慢慢开裂。

最后，随着裂纹逐渐增多增大，这只刚才还横冲直撞、力量无穷的榆木凳妖，竟忽然哗啦一声，在小言眼前碎成了无数木片，散落了一地……

见此异状，花厅中其他人全都停止了呻吟，呆呆地看着小言，满眼的不敢相信。

虽然降服凳妖的过程有点莫名其妙,但不管如何,问题总算解决了。接下来的事儿,清河老道最为拿手,做起来正是轻车熟路。

祝员外一路摔跌,虽然挨了不少痛楚,但见宅中心腹大患总算解决,就好像拨开青天见月明,顿时谢天谢地,对老道和小言二人无比热情。

只是饶是他分外殷勤,清河老道刚吃了这遭鸿门宴,现在又弄得这样狼狈,胸口疼痛无比,不免有些恼羞成怒。见危机已经过去,清河定了定心神,便开始秋后算账,舞舞爪责怪祝员外没早些告诉他实情。

只听老道咋咋呼呼地说道:"祝施主,要是贫道早知你是要请我来收服春凳妖怪,那我一定会带上合适的法宝,比如劈山刀、降妖斧什么的。此等芥藓小妖何足挂齿?早就被我劈成柴火啦!"

胡吹一阵,老道又开始装腔作势,嗔怪小言:"咳咳,年轻人性子就是急啊!谁叫你那么快便把凳妖打碎?否则待贫道趁这空隙作法,把它降服来当个跟随,倒也不错。呵呵,以后出门就让它自个儿跟在后面,走累了便坐在它身上歇息,多方便!"

看着老道这一番虚张声势,小言心中万分好笑,但和以往一样,表面上丝毫不露出啥异样。祝员外现在倒也是诚惶诚恐,听得老道怪罪,心知自己这番作为不甚地道,便口中不住道歉,然后他很识机地奉上一盘金银,大表自己感激涕零之情。

清河老道虽说的确有些愤懑,但一见金银,顿时闭嘴不多说了。最后他只对祝员外说了一句:"以后祝施主教育公子时,也要注意方式方法啊!"

亲眼见这师徒二人果是有本领降服妖怪,将那难缠的妖怪击得粉身碎骨,因此现在老道的话对于祝员外来说,便像圣旨一样,他哪敢不听?

心头大患被这师徒二人去除,一家之主的祝员外简直欣喜若狂。当下他便百般挽留老道和小言两人,说是要再摆酒宴重吃上一席!

谁知老少二人经历了方才这番惊恐,此刻已成惊弓之鸟,都觉着这祝宅乃是非之地,不宜久留。一听"酒席"二字,清河老道坚辞不就,生怕又吃出啥怪异来。因此老道和小言二人异口同声,一致坚决告辞走人。祝员外百般挽留不住,只好作罢,携着全家老小,殷勤地将老少二人一直送到大门外。

等二人回到街上,又见到青天白日,顿时便有再世为人之感。老道和小言都觉着眼前街上来来往往的喧闹市民,今天分外亲切可爱!

等转过一个街角,小言却见一直步履如常的老道清河,一下子便软靠到旁边的土墙上,原本庄严稳重的面孔立时消失,龇牙咧嘴起来。

只听他怪叫道:"哎呀呀! 疼死我也! 小言,你快替我瞧瞧,我这肋骨是不是断了四五根!"

"呃……原来老道你刚才一直熬着痛啊! 看你那样子,还跟没事人似的。我说呢,我都被凳妖撞得生疼,老道你这身子骨——"

小言挪揄的话还没说完,便被老道截住:"咳咳,你这臭小子! 这时候还有心思跟我斗嘴。哎哟哟! 你赶紧帮忙看看,恐怕我这肋骨真的断了!"

"嗯,让我瞧瞧!"小言这么说着,却站着没动窝,只是拿眼睛在老道身上随便瞄了一番,便道,"唔! 看了一下,老道你肋骨没断。"

"啊,真的? 看不出你这臭小子古古怪怪的门道还不少,这么一望便瞧出来了?"老道一本正经地夸小言本事好。

"……老道你就别装了! 若你真的肋骨断了,还能从容地走到这儿? 要我扶你还是背你回去,你就明说吧!"老道那点心思,小言琢磨得一清二楚。

"咳咳,果然,老道没看错人啊,小言你果然是善解人意。我现在一步都挪不动了,正要烦劳贵背……"

"得得! 不就是让我背一下嘛! 干吗龟背龟背说得那么难听,真是的!"

斗嘴归斗嘴,说话间小言便把老道背到背上,背着他往上清宫在饶州的善缘处慢慢走去。

一边走，小言一边说道："我说老头儿啊，你可得抓紧啰！就你这身子骨，可经不起再跌上一跤了。咦？老道你咋只用一只手扶着我的肩膀？"

"小子，你不晓得，我另一只手有更要紧的事要做！"

"啥事？"

"抓牢祝员外给的钱袋啊！"

"……老道你还真是财迷。别说我没提醒你，要是一个抓不牢，再摔跌下来，你那肋骨可真要断上几根了！"

"不怕！肋骨可以断，钱袋不能丢！"

语气斩钉截铁，看得出这位上清宫的老道有着坚定的信念。

转过了几条街，便到了老道善缘处门前。

到了自己地界，清河老道自小言背上笨拙地下来，长吁了一口气："呼！总算又回来了！今天真算是死里逃生啊。以后这吃惊受怕的事儿，我还是不干了！

"嗯！至少得歇上一年！……半年？好！就半个月吧！这半个月里我得好好休整一番。呵呵！"

这时，老道目光灼灼，死盯着那只钱袋。显然正是金光灿然的黄锦钱袋，让他休整的时间一改再改。

"喏，这一半给你！"

又到了分钱之时，老道这次倒是出手大方。

"咦？不是说好的三七吗？"

显见小言已被老道剥削惯了。

不过老道却是理直气壮："吓！哪里话！老道我也是明事理的人。我是要在人前表演，那可是技术活，所以当然得拿大头！这次也一样！……呃，是老道我疏忽了,好像这次还是靠你才让咱俩逃过一劫!"

不过此时,小言已忘了搭茬。他看着手中有生以来的第一笔大收入,不禁只顾两眼放光!

过了一会儿似乎想起啥,小言眼中的光彩突然变黯。把钱两小心揣进怀里,小言便一脸严肃地告诉清河:"我说清河老头儿,下次再有这种事可别再找我了。谁晓得这混俩小钱儿的跑腿活计,竟还有性命危险!"

看来小言离老道死都要钱的境界还差得很远。

"咳咳……我说小言啊,你还是个少年,正是初生牛犊不怕虎,怎么连我这糟老头儿也不如了呢?"

这是老道在施展一种非本门的法术——激将法。却听小言驳斥道:"是是,我胆小,不如老道你勇猛。反正不管怎么说,我以后都不干了。我还得留着这条性命给爹娘养老呢。"

"呃……既然小言你这么说,老道我也就不勉强了。不过道我向来不光说一不二,也是知恩图报之人。今日这祝宅之事,小言你于我老道而言,可谓救命有恩——"

说到这里,老道停了下来,在那儿咕囔了几句,也不知说了啥,但好像下了天大的决心,神色凝重而肃然,看架势倒似一贯嘻嘻哈哈的老道内心里经过一番痛苦的挣扎,然后终于做出了一个性命攸关的决定。

不过小言现在对他这样的做作已是习以为常,嗤之以鼻道:"喂,我说老道,你可别又来这一套! 正是'曾着卖糖君子哄,到今不信口甜人',今天任你是舌灿莲花,我也只是不信!"

只是,面对小言的讥笑,老道这回的反应却有些反常。

他不仅不理小言,还朝南边的天空静静望了一阵。

静默半晌无言,清河老道在萧瑟的秋风中喟然长叹:"这事啊,真是知我者谓我心忧,不知我者谓我何求……罢罢罢! 今次蒙你救我,老道这回便破例一次,就传你本门的镇教宝典——"

"嗯?!"正自化心如铁的小言,忽听得老道竟说要赠给自己上清宫的宝典,这心一下子便提到了嗓子眼儿,竖起耳朵静听下文。

只听上清宫的清河老道说道:"今日我清河,便传张小言你上清宫的宝典——《上清经》!"

老道铿锵的话语回响之时,正有一朵白云飞过,忽地遮住了半边太阳,于是眼前灿烂的天地,似乎突然间暗了一暗!

第十七章
酒楼侠隐，书读上清之经

"哇！是《上清经》耶！！"

一听清河说要传经，小言激动莫名！

"那当然！呵呵呵！"

显然对小言的反应十分满意，老道也得意非凡。

只不过……

"咦？我似乎记起来了，怎么净尘、净明两位道长，也是人手一卷《上清经》？"

从老道先前营造的狂热气氛中清醒过来的小言，不禁满心疑惑。

"哧哧！"这两声，正发自善缘处那两个小道长。

刚听得"宝典"二字，净尘、净明两个小道长便在一旁紧张地听壁角。只是等他们一听得这"上清经"三字，顿时嗤笑不已，立即走开，继续聊天去了。

"咳咳！"见在场众人都有些失望，清河老道赶紧救场，"小言别急，你先听我说！虽说这《上清经》是我们上清宫的入门经书，但一般人也是很难一睹真容的！"

"呃，我说老道今天咋就这么反常呢！……也好，看在咱俩认识这么多年,老道你第一次送我东西的分上,就别只管在那儿吊我胃口了,赶紧拿出来给我吧!我还要赶着回花月楼上工呢!"

显然,小言现在对回到花月楼兴趣更大。

听了这话,清河有些生气:"你这臭小子!瞧你这话说的!好好,不扯闲篇了,且随老道过来。"

说着这话,清河老道在前面一摇一摆,领着小言走进里间自己的精舍。进了屋,老道寻着钥匙,打开他那只落满灰尘的木匣,取出一本薄薄的书册来。

"咦?这本《上清经》咋不像净尘、净明他们那种竹爿册卷?"

摩挲着手中粗糙的深褐色麻纸书,小言颇有些疑惑。

"哈哈!想我老道这种清字辈的高人,收藏的书册当然不比他们手中那些低等货咯!"

老道得意地笑着。当然,他的声音压得很低,不能让屋外那两个净字辈的小道士听到。

"我说老道,这种麻纸——是叫纸吧?原来稻香楼中落脚吃饭的南北客官,他们手中也常有这物事,今日一瞧,果然轻便,易于携带。

"只是我看这种麻纸虽然轻便易携,却不易久贮,恐怕经不起水浸火烧、蠹虫噬咬。如果此物今后大行其道,不知又有多少经典文字后世再难寻觅。"

不承想,老道引以为豪的新奇物事,却引起小言一番忧虑。

听了小言这话,正自得意的老道便似被噎了一口,顿时哑然无语。不过仔细想想,小言所言也确实颇有道理,老道从尴尬中恢复过来,正色笑道:"呵,你这想法倒是古怪,但细想也有些道理。看起来,今日我这宝典也并未所托非人。"

眼见清河老道仍是一口一个"宝典"，小言不禁有些莞尔，不过既然他好心赠书，也不好驳了他的面子。接着听到老道下面的话语，小言却有些肃然起来。

只听清河老道说道："现在应该没啥闲杂人等，小言你给贫道听好了。"

老道此刻虽然声音压得较低，但那份庄重模样，却和前番大有不同，睿智的小言明显感觉到，这位平常惯于嬉笑怒骂的清河老道，此刻无比认真。因此虽然有些不明就里，但小言还是老老实实地应道："嗯，我听着呢。"

看着小言的态度，清河老道非常满意，接着沉声说道："好！小言你认识老道这么多年，可能这是我第一次跟你这般认真地说话。你手中这册《上清经》，确实是本镇……宝典，与净尘、净明他们那些弟子手中的并不相同。你手中的这本《上清经》里，最后多了两个章节：炼神品、化虚篇。"

说到这里，老道的话语已几乎是一字一顿。

"嗯？这同一本《上清经》，怎么还会有差别？"小言大为不解。

听他这么问，老道原本严肃的面容又融化开来："版本不同嘛！这多出的两章……咳咳，都是老道我修行多年积累的心得。"

说这话时，老道颇有些支支吾吾。

要是放在平日，碰上这等机会，小言不免要大为讥诮一番。但此刻看这光景，冰雪聪明的少年定不会如此不智，绝不会真去刨根究底。

听完老道吐字困难的话语，小言心领神会，也很识趣，随便应了一声："哦，这样啊。"

"嗯，就是这样。最后再说一句，小言你要记牢——那最后两章……我的心得，内容并不是很多，你若是对它们有兴趣，记住这两章后，不管是水浸、火烧、虫咬还是土埋，总之把后面那几张书页毁掉，只留前面那些即可。"

"嗯，我明白！"

斗室之中,这老少二人俱非愚钝之辈,彼此又如此熟稔。刚才老道所说已然不少,有些话不言自明。小言知道,老道那些"心得"炼神品与化虚篇,虽然现在还不知是什么内容,到底又是怎么来的,但有一点可以肯定,那便是如果不小心让闲杂人等知道,一定会是个大麻烦。

沉默了一阵,老道忽然哈哈大笑起来,响亮说道:"很好!老道这本《上清经》已随我多年,早已背得滚瓜烂熟。现在留着也没大用,还不如赠给有缘人,看看有没有一番造化。哈哈!"

小言也开心接道:"多谢前辈赠书,我这就拿回去瞅瞅,学些高深法术。再不济也可以多认得几个字嘛!"

然后这老少二人一路笑闹,在善缘处门口扯了好一阵闲篇,小言这才告辞。

不久,已走出去好远的小言,忽然驻足,回头望了望上清宫饶州善缘处灰白的挑檐,出了一会儿神,然后又反身继续前行。

经前后几番折腾,不觉已费了大半日时光。等小言赶回花月楼时,已是斜阳映照,霞光满身了。

回到花月楼中,小言自觉今日离开时间太久,颇有些不好意思。正待偷偷溜回自己的房间,不料却还是被夏姨碰见。他满面尴尬,讷讷无语,夏姨倒也没有怪罪,只淡淡笑着说了句:"小言,你有空还是要多练练笛子啊。"

小言连忙点头称是,然后赶紧溜回自己的房间。夏姨见他行色匆匆,心上却想着:"唉,近来这段日子,生意又清淡了,乐工也闲了……"

经过这一天的奔波惊吓,小言神思颇为倦怠,刚回到自己屋子,便不作他想,直直躺到了床上。可是,他却怎么也睡不着。

今天这一幕幕古怪经历,就好像走马灯一样在他眼前一一闪过。

望着床柱上红漆雕花的装饰,小言不由自主又想起祝员外家花厅中那惊心动魄的场面,而且越想越后怕:"看来这成妖之物真是可怕,奔撞之间力量竟那么大。可是听老道的意思,这凳妖还是比较低级的妖怪。低级妖怪就这么可怕了,那真要碰到高级的,恐怕就真的要闭目等死了!"

不过,值得庆幸的是,最终自个儿还是幸运地逃过了这一劫。

小言当时还有些懵懂,但现在定下神来细细剖析前因后果,他已经知道应该是自己身体里那股流水般的怪力救了自己。

"看来那次马蹄山上的遭遇,对我还是颇有好处嘛!"

受了这救命之恩,小言心下对那次月华流水的妖异事件,潜意识里已不再那么抵触。

抵触之心既去,小言便躺在床上,开始筹划起该如何利用这股怪异力量挣钱:"嗯,这怪劲看似让自己变得颇能挨打,或许可以去城内武馆应聘,兼职当个拳法陪练,想来酬金一定不在少数!"

小言流着口水想了一阵,正自偷乐,却忽然想到这法子有一些不便之处:"唉,还是不大妥当。这股怪力似乎不受我控制,招之不来,呼之又走,很可能自己被揍得鼻青脸肿了,这怪力却只是不出来,那便如何是好?这弄得遍体鳞伤的,吃痛不说,恐怕赚到的钱还不够买药!岂不是偷鸡不成蚀把米?不妥不妥!"

此路不通,小言沮丧了一阵,便自然而然想到了自个儿当前的生计。

"夏姨刚才还嘱咐我好好练笛子呢。对了,那位叫云中君的老丈不是送过我一本《水龙吟》吗?虽说那曲谱实在不是人吹的,但我看那位老丈也非妄人,应该不会胡乱编个曲儿来捉弄我。很有可能,这曲儿不是寻常法子能吹奏的。说不定,我借着这股怪力,便能将那些泛羽之音、变徵之声给吹出来呢!"

小言虽觉着这样有些异想天开,但想来也没什么人身危险,这会儿便打定主意,以后得空要寻个无人之处练笛,好好试上一试。

正琢磨着,小言忽然想到:"呀!光惦记歇着了,我咋忘了清河老头儿刚给我的那本'上清宝典'了?看老道那副神神道道的模样,我倒要来瞧瞧到底写的是啥!"

越是回想老道授书之时那副郑重其事的表情,小言便越兴奋,当即赶紧坐起身来,掏出那本《上清经》,准备仔细研读。

怀着激动甚至是一种朝圣的心情,小言翻开扉页,从头看起。这本《上清经》,前面用正楷誊写的经文,是些清净宁神的法门,也夹杂着不少道门思想的阐述。但很多文字,他现在还不太能理解。

在这本书的最后,有两篇看起来挺神秘的功法,一个叫"炼神品",一个叫"化虚篇"。通读下来,讲的无非是一种"炼神化虚"的道法功夫。

炼神化虚,这个说法听起来很新鲜。张小言很有兴头地照着上面写的练了练,到最后似乎学会了,又似乎完全不懂。所以他很感慨,感慨这道家的东西啊,很多都显得玄玄乎乎,也不知是真的高深莫测,还是只是故弄玄虚。

他还有些不甘心,又重新回去细读了炼神化虚这部分。

这一回,他好不容易找到一点对自己有用的东西:"混沌元气吾不知其名。强名之曰'道力',强字之曰'太华'。言'太'示其大,言'华'示其崇。"

小言念到此处,心中一乐:"正愁自个儿身体里那股流水般的怪力无从称呼,这下好了,就叫它'太华道力'吧!说什么也得让这书起点作用。"

第十八章
笛诉流芳，蛮女忽来月下

第二天，小言想着要去鄱阳湖边好好练练笛子，便去跟夏姨告假。要练笛这事，还是夏姨叮嘱的，她便没多说什么，立即准了他的假。

一出花月楼，张小言便似出了笼子的飞鸟，直投鄱阳县而去。

时隔一个月小言再次赶到鄱阳湖时，日头已经隐入了山阴，西天的云霞也渐渐失去了颜色。悬挂在东天上的月轮，开始把它清柔的光辉洒在波光涵澹的鄱阳湖上。

小言一边沿着长长的湖堤迤逦而行，一边听着身畔水波阵阵冲刷湖岸的声音。柔和的月华，在他身后绘出一道细长的暗影。

没过多久，小言便看到了那块清辉笼罩着的湖石。

一个月前，偶然结识的小伙伴小盈就是坐在这块湖石之上，笑语盈盈地看他举起那块磐石。如今，眼前顽石尚在，好友已无踪影。

睹物思人，直到此时，小言才清清楚楚地意识到，自己是那般强烈地想念小盈——想念那时的江天云水，想念那时的无忌笑言，想念和她在一起时天真单纯的快乐时光。

面对满湖烟水，出神良久，张小言慢慢又回复了正常。

看眼前月华如练,明湖如雪,如此良辰美景,自己还去想这些烦心事作甚!

重现笑颜的小言便解下身后的玉笛神雪。于是在垂杨影外、湖石旁边,一缕清婉的笛音幽然而起。月华中的小言,吹得那么投入,那么动情,似乎此刻这管玉笛中飘出的已不只是简单的曲谱,而是他心中倾诉的声音。

其时,纤云弄影,明月满天,清白的月辉,淡淡洒在万顷湖光之上。

水面上那些以船为家的渔户,已经三三两两点起了灯火,远远望去明灭如星。

秋夜中这缕缥缈的笛音,便随着清凉的湖风,悠然而舞,精灵般翩跹在这寂静的夜空中。

玉笛诉情,渔舟唱晚,正是好一幅澄澈空灵的画卷。

只是很可惜,这么美好的一幅画面,不多时便被一个很不协调的声音给打破了。

正全身心投入到笛音中的小言,忽听得耳旁传来女孩家发出的一声怒斥:"好哇!终于被我抓到了!好个胆大贼人,竟还敢到我家门前来卖弄!"

乍闻抓贼呼声,正陶醉在自己笛声中的小言赶紧睁眼,看看有啥贼人路过,转脸四下瞧瞧,却发现身前不远处的树影里,一个好像长得还不错的女孩正怒气冲冲地盯着自己!

"请问这位姑娘,不知为何只是盯着我瞧?那贼人又在哪里?"

小言见姑娘不去抓贼,反在这儿只管盯着自己,不免有些莫名其妙,便客气地出言相问。

"哼哼!别再装傻,你就是本姑娘一直在找的那个偷笛贼!"

听到这句带着气愤的话语的同时,小言明显感觉到,月影里那个突然出现的女孩神色似乎变得更加义愤难平。

"嗯?! 姑娘不会以为在下这支笛子,便是姑娘所丢之物吧？这绝无可能!"

小言赌咒发誓:"这支笛子明明是在下的,不知姑娘何出此言？是不是这月光模糊,姑娘看错了?"

小言听那女孩称自己是"偷笛贼",吃惊不小,惊诧之余,不免有些警觉起来,语气也变得颇为郑重。

要知道,手中这管玉笛可是自己吃饭的家伙,其中又有云中君相赠之情,自己可谓视若珍宝,可不敢随便就让人给赚了去。

"什么'明明是在下的'?! 你手中那笛子,分明是偷的我的! 还敢抵赖!快给我还回来!"

那女孩眼见小言被自己逮个正着,见到物主却不思乖乖将赃物双手奉还,竟还若无其事地装傻充愣,甚至振振有词地反问起她来——要知这女孩,向来说一不二,如何受得这气——当即不待"贼人"分辩,竟是劈手来夺!

小言正好言相对,却不料这个素昧平生的女孩竟如此刁蛮! 未分清青红皂白,话音未落便冲过来强抢他的笛子。说话之间,笛尾已被她紧紧拽住!

别看女孩年纪不大,体貌玲珑,但小言觉着手上传来的这股力道,竟然不小!

虽然女孩身形够快,幸好小言更是机灵,立马便反应过来,几乎在女孩抢笛的同时用力一扯,硬生生把玉笛又给抢了回来!

情急之下力道太大,甚至还把女孩扯了个大趔趄,女孩竟一头撞在他怀里!

"哎呀!"拽笛之人与抢笛之人,都未曾料到这样的结果,几乎异口同声地惊呼一声!

不过那女孩倒是反应很快，轻啐一口，迅疾跳离小言，稳住身形。也许是之前从没遇见过这种阵仗，那个刁蛮女孩竟一时无言。

经刚才这一遭，小言也是有些尴尬。虽然责不在己，自己也非故意，但对一个姑娘家做出如此举动，已算是非常失礼之举。于是小言顾不得自己前胸被撞得隐隐作痛，赶紧跟女孩忙不迭地解释："呃！请这位姑娘不要生气，是我不小心用力过猛，才会拽倒了姑娘，并不是故意将姑娘往怀里拉……"

一听这越描越黑的道歉话，那个正努力平复心情的女孩当即勃然大怒，怒气更胜之前，喝道："住口！好哇，想不到你不仅是个偷笛贼，还是个喜欢狡辩的家伙！可恶！"

虽然她口里说着"可恶"二字，可显然这个立于树影里的女孩丝毫不觉害怕，反倒有些跃跃欲试，看样子正在琢磨着要再次扑过来抢笛。

见此情景，小言心中暗暗叫苦！

看来今天真是流年不利，只不过来这鄱阳湖畔吹吹笛散散心，便受此无妄之灾，遭此天大冤狱，这个不知打哪儿突然冒出来的小魔女，竟将他当成了偷笛贼。况且，经刚才这一闹，现在更是夹缠不清。

小言心下暗道："罢了罢了，俗话说'好男不跟女斗'，看今日这光景，纠缠下去万难善了。我还是三十六计走为上计，溜之大吉为妙！"

打定主意，小言便对那个女孩说道："看来姑娘对在下误会颇多。今日也不便多做解释，我这便先行告辞了！"

话虽说得彬彬有礼，似乎还很客气地征求着女孩的意见，可说这话时，小言早已开始脚底抹油。当他最后这句恳求的话落下时，在女孩惊诧的目光中，小言的身形已在两丈开外了！

"哼哼！这贼果是惫懒，竟想就此溜走！嘻！在本公主面前还想逃掉？

且看我的手段。"

看不出，这个自称"公主"的小姑娘，竟还是个法师。只见她吹气如兰，樱唇上下相碰，清脆叱道："冰、心、结、定！"

念完咒，小姑娘便拈起纤纤玉指，朝那边正在极力逃窜的"小贼"一指！

出乎女孩意料，她向来百试百灵的定身法术，今日不知为何竟失去了效用。正在奔跑的小言，身形只是微微一滞，却又跟没事人似的继续逃跑！

女孩很惊讶。

少年张小言正自快步奔逃，忽然觉着自己被啥东西突然绊了一下，差点没摔个大跟头，不过幸好，自个儿还是迅速稳住了身形，才没出丑。只是，在方才那一瞬间，他觉着自己身体里那股流水似乎又隐隐一现。

"咳咳！自己修炼的这'太华道力'，还真是不错嘛！可以防我跌倒……阿嚏！"正自扬扬自得的小言，却冷不防一股寒意猛地冒了上来，竟是打了个喷嚏。

"呃，看来今夜有些着了秋凉，回去得多加些衣物……顺便还得查查皇历，恐怕今日真是不宜奏乐、不宜远行！"

虽然心中转过无数念头，小言脚下却是丝毫不敢停留，紧紧攥住手中的玉笛，立时动如脱兔，一路飞奔，往暗夜中逃去……

专心逃跑的小言有所不知，他身后这个少女小法师，正以为方才法咒失灵只是个意外，之后把那咒念了又念，手指了又指。只可惜，对忙着逃跑的小言而言，却似是再无半点用处。

"可恶！想不到这厮竟如此腿快，眨眼工夫便逃出那么远。是了，想来是离得太远，方向指不准，才导致本公主这定身咒失灵。"

找到合理解释的女孩想了想，又是气不打一处来："哼哼！瞧这愈懒家伙，溜得如此之快，一定是做贼心虚了。只是，要想逃出本公主的手掌心，那是休想啊休想!"

清凉晚风吹拂中,女孩神思稍微安定了下来,却发觉有些不对劲之处:"咦?这惫懒家伙只是一介凡夫,怎可偷得我那玉笛神雪?难不成竟是我看走了眼,他还颇有些来历?唔,应该不会的,想本公主慧眼如炬,若有怪异怎可能看不出来?"

颇为自信的女孩转念一想,却突然想到一种可能:"嗯?难道这事儿又和爷爷有关?不过自己这些天不见神雪,问起爷爷来,他也说不知道的……不对!想起来了,问话间,爷爷神色总似有些古怪。看来,一定是爷爷偷拿他宝贝孙女我最心爱的神雪,送给了那臭小子!"

想及此处,这个刁蛮的女孩竟是鼻子一酸,小嘴一扁,似要哭出声来。

只是,刚要落泪,又回想起自己那个为老不尊的爷爷。这些天问及他神雪下落时只推耳聋。那装聋作哑的可笑模样,仿佛就在眼前,于是女孩气苦之余,不免又有些哭笑不得。

秋夜凄迷的月光中,逃跑少年的身形早已被夜幕掩盖,再也看不到了。冷月的清光中,只留下这个泫然欲泣的女孩,独立在波光潋滟的鄱阳湖边……

第十九章
一掌惊雷，侠骨乱入风波

待小言一溜烟溜回马蹄山家中时，夜已深沉。胡乱用了些饭食，洗漱之后，他便解衣睡下。

这一晚，小言睡得并不安稳。回想今晚的事，真是越想越郁闷。本来自个儿好好地吹吹笛子怀念故友，竟招来"贼人"的称谓，最后自个儿还真似做了啥亏心事似的落荒而逃。小言越琢磨越觉得憋气，辗转了好半晌，才渐渐沉入梦乡。

不过，值得高兴的是，接下来的日子里，鄱阳湖畔那个把他认作盗贼的女孩再也没有出现。想来定是自己腿快，那女孩追赶不及，无从知晓自己的行踪。想通此关节，小言倒为自己这几日的惴惴不安暗觉好笑。

白天无事，小言便常在饶州城内游荡，想起来便去季家私塾听听课，或者去上清宫善缘处那儿和清河老道扯闲话。这位神神道道的老道，自那次赠书之后，便再也没提及此事半句，似乎啥事都没发生一样。

不过，这样小言倒也落得个清净。毕竟所赠之书上写得玄玄乎乎，他反复研读后仍是半懂不懂，虽然自称修习了书中炼化混沌元气的"太华道力"，实则书中那些炼神化虚的章句，对小言来说才真称得上混混沌沌！

虽然老道只字不提《上清经》，但是经常劝小言再度和他搭档，去行那除秽卫道之事。只是，自那场凳妖事件发生之后，小言对老道这些正义凛然的提议，坚决不再同意。

这样的日子平淡如水，小言整日里优哉游哉，倒也过得逍遥快意。只是，这样的好日子过了没多久，小言便又遇上了一件麻烦事。

这日傍晚，几个来花月楼喝酒的外地江湖客，平地惹起一段风波。

按理说，花月楼名声在外，过路的江湖汉子来光顾的不少，虽然个个都不是省油的灯，但所谓"强龙不压地头蛇"，在这三教九流混杂的大酒楼，反而不敢胡乱生事。

因此，那晚三个江湖豪客打扮的仁兄，假借着三分酒意胡搅蛮缠时，便显得格外刺眼。

先是这几人嫌满桌的酒菜难吃，不是嫌菜太咸，便是怪酒太淡，一番做作下来，显是典型的霸王食客做派，明眼人一看便知。

虽然障眼法低浅，但花月楼毕竟吃的是四方饭，在场客人不少，倒也不好怎么发作，只好由着他们厮闹。花月楼里说得上话的领头跑堂，也只能上前不停地低声下气赔不是，吩咐人将那些酒菜撤下，又流水般换上新的一桌。

一番低声下气，本以为这场风波就此平息。可那几人一顿胡吃海喝之后，竟又开始指责起酒楼装修老旧来。有这番作为，纯粹是不想付这酒钱了。

不管怎么闹，这事看起来，怎么也扯不到张小言这个小小的乐师身上来。但不知是那厮真个眼光好，还是合该小言倒霉，几个江湖汉子想找碴赖账，正和花月楼伙计争较，其中一个家伙有些不耐烦，偶然斜眼一扫，恰瞧见了小言手中神雪碧玉管、红璎珞的漂亮劲儿。

当下那厮便仗着酒劲，指着小言手里的玉笛，声称其实要自个儿实打实付账也可以，但要把那少年乐工手里的石头笛子饶给他，即便加几个铜钱也行。

于是，正在一旁瞧热闹的无辜少年小言，当即便遭受了他这个月以来第三次的无妄之灾。

现在这支玉笛神雪对于小言来说可是衣食父母，真是爱逾珍宝。想当初鄱阳湖畔莫名其妙被诬为贼人时，小言宁可一路狂奔十几里路，也不愿玉笛被人抢走；今天遇到这般完全蛮不讲理的强取强夺，小言更是不能忍气吞声。

作为十几岁的少年，小言本来就有些初生牛犊不怕虎，何况他刚才一直就待在旁边，瞧着这几个家伙的作为已是不齿久矣。现在见那厮竟然想夺走自己的衣食父母，自是一股无明火往脑门子上撞！因此小言再也顾不得那三个家伙长相凶恶，当即一口回绝了那家伙的无礼要求，并顺便大声讥嘲了几句。

这一下，霎时便好像捅到了马蜂窝！

这三个半疯不癫的家伙，确实并非善类，横行霸道已久。原本他们也只想吃顿霸王餐，但经其中一个一提，现在三个豪客越看越觉得小言的笛子是个宝贝，一心只想占为己有。现在一见这个怎么看都是人畜无害的少年竟出言不逊，当即正中他们下怀！

于是那个说要"买"笛的豪客，突然逼近小言，面目狰狞，恶狠狠说道："小娃儿，你知道老子是谁吗？！"

面目狰狞的江湖汉子将这句话声情并茂地说完，便留心观察众人的反应——只可惜，花厅内还是颇为嘈杂，眼前乐池里的少年的反应也似乎并不是很大。顿时，他便觉得有些尴尬。

幸好，他的两个兄弟察觉到他的窘境，赶紧凑趣地怪叫道："大哥！亮出你的名号，怕那小子不被吓趴下！"

"嗯！老子便是名震江淮的霹雳惊魂手——南、宫、无、恙！"

"啊？"

一听这个吓人的名号，小言心里倒是咯噔一下，心道："坏了！看来惹上个极厉害的武林高手了！今儿个自己怎么这么倒霉！这笛子……还是算了吧，好歹它只是身外之物，还是保住小命要紧，想来那云中君知道情由，也不会如何怪罪。"

小言正待准备服软，和这个惊魂手南宫先生就笛子的价格好好商量，谁承想南宫大侠却是个急性子，见小言软乎乎不搭话，便已火冒三丈。再看小言温厚纯良的样子，心想凭自己这份功力，将他手中的笛子夺来，还不是三个指头捏田螺——手到擒来！

于是，南宫无恙二话不说，挺身而上，出手如电，直奔小言扑来。

他左手握拳朝小言胸前猛击而去，便是要推开小言；右手则五指蜷曲，形如鹰爪，待要去夺小言手中的玉笛。

他这一番动作一气呵成，如兔起鹘落，果然迅如雷霆。就看这势若奔雷的架势，看来这个南宫好汉，确非浪得虚名，手底下还真有不凡的功夫。

见此情形，在场人众无论内行外行，皆是暗暗心惊，都道倔强少年这回不免要吃上一番大苦头，花月楼与小言交好的一些下人，更是心急如焚！

而此时被攻击的倒霉蛋小言，心下也是懊恼至极。心说："这位好汉怎么这么心急？怎么不等我开口便来动手？"

看这威猛的架势，要是挨上他一下，恐怕这跤要跌得不轻，且不说买药钱花费不少，说不定还会耽搁自个儿上工。于是，电光石火间转过这些念头后，小言便决定先拼力挡上一挡，等避过这个势头，再有话好好说。

慑于"霹雳惊魂手"这个名头，小言不敢怠慢，赶紧将玉笛迅速往旁边雕花凳上一搁，然后聚起全身十足的气力，握紧双拳，准备死力抵挡住这一次攻击。幸运的是，眼前这个高手，似乎比上次那榆木凳妖的速度要慢上不少，让小言颇觉自己还有充足的时间摆好架势。

于是，转眼间只听嘭一声巨响，两人的拳掌终于对到了一起！

······

"哗啦咣啷！"

果不其然，与众人料想的一样，在烛盏灯光的映照下，两人刚一交接，少年便被击飞出去！

只是······怎么被击倒的少年没朝后跌跤，倒反而朝前飞去？那两个正自大声叫好的闹事汉子，见此情景不禁愕然，叫好声音顿时小了下去。

稍停了一下，大伙儿终于惊讶地发现，原来刚才那个倒飞出去好远、一路撞飞不少凳椅碗碟的身影，正是先前那个气势汹汹的霹雳惊魂手南宫老兄！那个少年，竟是向前进了两步，且安然无恙。

一时间，众人都怀疑自己是不是看花了眼，有些转不过弯儿来。

这时小言自己也觉着莫名其妙，站在那里一脸茫然，但这茫然落在旁人眼里，却显得格外高深莫测······

既然少年安然无恙，那这个一路摔跌的南宫无恙兄便真个有恙了。

只见他挣扎着扶着旁边的桌椅，努力爬起来，满嘴流血，眼见是受了伤。

他的两个兄弟心惊胆战之余，赶紧跑上去，扶住他们的大哥，关切地问他哪儿受伤了。

这个惊魂手南宫好汉，便一边张开嘴巴给他俩兄弟看，一边唇齿漏风地说道："么(没)丝(事)！就牙丝(齿)磕掉两颗······啊哟！"

幸好他皮糙肉厚，刚才在一路凶险无比的磕碰中，只掉落两颗门牙。

在当时,极讲究身体发肤受之父母,若掉落了牙齿,都要用红布囊包好,或悬于轩榻,或随身携带,丝毫马虎不得。因此一听大哥门牙掉了两颗,这俩兄弟立即着了忙,赶紧分头在附近仔细寻找。

只是,二人左寻右觅,总共只找到一颗。两个好兄弟再三寻觅无果,只好很抱歉地跟大哥说自己无能。

他们的南宫大哥也很通情达理,没有怪罪,只听他口角漏风地说道:"还有一颗,甭找了,大哥一时着忙,刚才不防吞落肚里了……"

"啊?那就好,没丢!"

只不过,这俩难兄难弟,虽见大哥如此丢了场子,此刻却半个字不敢提起助拳报仇。一想到刚才那番狼狈,三人便似泄了气的皮球一般,再没半点开始时的威风。

之后,关于南宫好汉一行三人前后两桌酒菜,以及这番不愉快导致的有关设施损坏这些消费、赔偿费用的交涉洽谈,双方都在非常友好的气氛中进行。

由于三人身上的银钱总共加起来也不够赔偿的,霹雳惊魂手南宫兄便很豪爽地自告奋勇,要在花月楼厨房洗碗三天。

而他的两个好兄弟,也充分表现出有难同当的江湖义气,坚持要和大哥同甘共苦,一起洗碗,直感动得南宫老兄差点没热泪盈眶,连道:"好兄弟!好兄弟!"

于是,这三个讲义气的好汉,总共只要洗碗一天,便可消弭与花月楼的一切不愉快。

很快,花月楼又恢复了正常的秩序,继续灯红酒绿。

只是,此时的少年小言,却觉着很有些不自在。他感觉到旁边这些平日的熟人,看自己的眼神都有些不太一样,说话的声音也都轻柔了许多,弄得他不知如何是好。

不过,让小言感到高兴的是,花月楼的老板娘夏姨当场宣布,鉴于他今晚的优异表现,将另聘他为花月楼的护院。

"哈!这样便可以领双份工钱啦!"

正当小言兴高采烈时,却忽听得旁边有一人冷冷地说道:"哼!原来也是个喜欢打人的家伙!"

少年张小言正碰上平生少有的几次扬眉吐气,正自扬扬得意,却不防旁边突然一声冷嘲热讽,一时间不免颇为扫兴。

小言闻言转过头去,要看看是何人这么煞风景。

这一瞧不要紧,小言只觉得眼前突然一亮,在他身旁不远处,正站着一个宽袍大袖的俊俏少年。

少年丰姿玉貌,生得格外俊美:星目秀眉,面如冠玉,若施雪粉。他长身玉立在那里,小言只觉得少年身遭便似有明烛相照,看在眼里竟有熠熠生辉之感。

"好一位翩翩浊世之佳公子!"

怔忡半晌,小言才缓过神来。揉了揉眼睛,才想起眼前这个美少年,方才似乎对自己很是不满,于是便赔着小心问道:"这位公子,不知小的适才是否有唐突阁下之处?若小的刚才有啥不小心的地方,还请公子见谅!"

"哼!"

谁想,小言谦恭的问询,却只换得这位公子一声冷哼。

看来,小言这个刚刚被夏姨表扬的优秀乐工,似乎将眼前这位公子得罪得不轻。

只是,身为当事人的小言,却真个是一头雾水。毕竟在刚才无恙兄的"门牙事件"中,自己只是奋起反抗无礼要求的受害者而已。如果和这事没关系,则更想不出自己对这位公子有何唐突之处。

"公子您这是——"一句问话还没说完,张小言却诧异地看到,这位俊俏小公子一转身,身形如飞地冲出酒楼大门,很快就消失在茫茫夜色之中。

人消失,声音却传来了:"张小言,我跟你没完。"

"原来是你!"张小言终于想明白这人是谁了。不久之前,鄱阳湖畔,她不是左一句小贼右一句小贼地骂自己吗?只不过今晚女扮男装罢了。

听到那句随风而来的话时,小言不禁打了一个寒战:"不好!她居然连我名姓都打听到了。看来,以后我出门得小心了。唉,真是无妄之灾啊……"

第二十章
水龙吟处，苍空雷奔电舞

自那晚风波之后，小言心下不免又惴惴不安了几天。

只是和上回鄱阳湖边平地起争执之后一样，接下来的几天里，似乎又是风平浪静，不见那个莫名其妙结下梁子的女孩再来花月楼扫他的兴。

这一天，小言正琢磨怎么提升自己的吹笛业务水平呢，突然间好像想起来什么，只觉眼前一亮："上次和那清河老道降完祝宅凳妖之后，我不是琢磨过试着用我修炼的太华道力来辅助吹奏云中君送的那本很难演奏的曲谱《水龙吟》吗？我咋把这茬儿给忘了！真是忙晕了。"

现在的少年小言，早已经习惯大言不惭地认为，自己已经在修炼炼神化虚章节提到的"太华道力"了。虽然，到现在他还没找到所谓修炼的确切法门，但反正是自言自语，只要不说出去，也不怕旁人笑话。

小言想到这里，立即想到一个妙法："我何不趁此机会，去跟夏姨请一两天假，回马蹄山去探望家中爹娘？顺便也可到马蹄山无人处放开了练笛。哈！正是两全其美，妙哉妙哉！"

待这念头一起，小言越想越妙，一刻也不想停歇，赶紧起身去跟夏姨告假，说自己惦念双亲，想要回家去探看探看，顺便也在家旁山野无人处练练笛艺。

花月楼的掌柜夏姨,自那晚小言一拳惊退江湖豪客,便已对这个原本心目中的市井少年暗自称奇,刮目相看。现在小言出言请假,夏姨自也不会扫他的兴,当下便很爽快地准了他两天假。

听得夏姨应允,小言当下便如出了笼的鸟儿一般,携着曲谱和玉笛,一溜烟往马蹄山而去。

等回到家中,小言歇了一会儿,帮着母亲做了些家务。

不知不觉间,夜色已悄悄降临在饶州城郊的马蹄山上。

用过晚饭,小言跟父母招呼了一声,就带着心爱的玉笛神雪,揣着那本曲谱《水龙吟》,出发去马蹄山山顶上练笛了。

秋夜的马蹄山,已凋落了夏日里苍翠的盛装,在迷离月光的笼罩下,显得格外寂寞凄清。

山路近旁草丛中,未晓寒冬将近的秋虫,还在不知疲惫地唧唧复唧唧。

极目向远处望去,那些与马蹄山相连的连绵群山,随着山丘的曲线向远方逐渐起伏伸延,笼罩着山野的清白月光,也正在渐渐地隐退。

黝黯夜色笼罩着山野灌木丛,悄无声息里,隐藏着天地间种种的危险与神秘。

依旧倚坐在马蹄山顶那块平滑光洁的白石上,少年小言摊开那本早已读了无数遍的曲谱《水龙吟》,又借着月光略略浏览了一遍,便放到一旁,执起心爱的玉笛神雪,准备尽力一试。

他想看看自己能不能借助身体里那股流水般的太华道力,将这不少谱调已超出人类正常听力范围的异曲《水龙吟》顺畅地吹奏出来。

此时,正是四野无声,唯闻虫吟……

《水龙吟》里的大部分曲谱,已经超出耳力所能感知的范围,因此这些谱调并无实际意义。但要命的是,那个云中君老头儿送给小言的这本曲谱里,却偏偏多用这类音调。这要是换了一位多年研究乐理的学究,见了这样的曲谱,定会斥为荒唐无稽。

但不知怎的,虽然知道曲谱荒唐,但小言对那赠谱的老头儿,却油然有一种信服感,总觉得这赠谱之事不像是在戏弄他。

于是,今晚他便要在这月白风清的马蹄山上,试试看自己修炼的太华道力,能不能助自己一臂之力。

只是,这次似乎没有好运出现,小言还是遇到了预料之中的难题:那股既熟悉又陌生的流水样力量,任小言千呼万唤,却总是萍踪难觅!

见得这样,小言又凝神苦想了一会儿,却还是不得要领。

瞎折腾了一阵,聪敏的少年停止了所有无谓的召唤,开始静下心来回想自己几次出现太华道力的情景。

第一次,夏夜无聊,观望山野上空纯净的星空;第二次,青天烟水之湄,看到小盈露出仙苗灵蕊般的仙姿真容;第三次,则是在祝家花厅中,瞑目等待着那势如奔雷的榆木凳妖对自己的闪电一击……

想着想着,念及这太华道力的称谓,于是那炼神品、化虚篇中的断章残片,如走马灯般在他脑海中闪动不已:

　　炼神品一道,唯无为而已。

　　无心无为者,痴愚也;无心有为者,自然也;有心有为者,尘俗也;有心无为者,天人也。

　　无为炼神品,天人之道也……

"也许,我懂了。"似有一道灵光划过,困惑中的小言忽然淡淡一笑,心中似有所动。

当此之时，他的神色忽然放松下来，手足也开始随意地舒展。

过不多时，这人，与这山、这水、这草、这木、这云、这月，与这天地间一切的一切，自某一奇异的瞬间开始，似乎融为了一体。

莫问这人从何处来，莫问又要向何处去。

在这广袤无垠的天地间，在这浩瀚宏阔的宇宙内，他本来便应该这样，于是便这样了。

而若问这人，与这山、这水、这草、这木、这云、这月，与这所有一切的一切，为何就应该这样？

答曰：天道有常。我自然。

于是，在冥冥中仿若实际存在的一问一答间，那股神秘的流水太华，便在少年张小言的身体里自然而然地出现了，就好似它一直就在那儿。

没有特别的意识，小言将玉笛神雪同样自然而然地举到唇边，吹奏起来。

自这一刻，也许只有天和地、云和月、水和风、草和木，还有小言才能听见的乐曲，便以他为中心，在月华如水的夜空中静静地、奔腾地——以这样矛盾而和谐的方式，向四面八方传播开去。

晦暗幽深的丛林中，一名趁着夜色出来安放捕兽夹的猎户，正惊恐万分地看着自己面前那头蓄势欲扑的猛虎。正当他万念俱灰之际，却忽然发现眼前这头专心捕食的猛虎，竟似在只有林叶渐沥的山林中听到什么声响，将它那威猛无俦的巨首，转向另一个方向，注目凝视，然后便丢下了他这个已到嘴边的食物，向那个方向悄悄行去。

眼见猛虎壮硕的身躯分开林木，迤逦消失在夜色之中，这名死里逃生的猎户呆坐在那处，不敢相信自己的眼睛……

夜阑人寂的饶州城中，一个手头乏钱的泼皮破落户，此刻正借着夜色潜到一户人家偷摸。正当他翻过篱墙，悄声落地暗自得意之时，却猛然惊恐地发现，在近在咫尺的墙角月影里，正蹲着一只硕大的狼狗。

正当这泼皮吓得两腿发软直欲落荒而逃时，却意外地发现这只狗看见他并未上前狂吠撕咬，而是将狗头呆呆地朝向城东方向，一动不动。

"惭愧！却原来是个狗雕。"

这破落户顺手在那狗头上一按——

霎时间，寂静院落里好一阵鸡飞狗跳！

"原来是一只真狗！"凄厉的惨叫声，回荡在饶州城上空中，久久不散……

再说那吹着玉笛神雪的少年，已经完全沉浸到这种说不清、道不明的奇妙境界中去了，浑不知身外发生的一切。

他并不知道，原本只有些许流云的夜空里，正在聚集着越来越多的乌云。乌云中，隐隐滚动着风雷，并不时有道道电光张牙舞爪地划过，状若龙蛇。远远的山野里，传来阵阵怪诞的风响，听上去有若鬼哭。

而此时，张小言手中那支玉笛神雪碧玉管身中那些雪色的纹路也像是活了起来，在碧玉管中随着《水龙吟》的音律，时聚时散，时分时合，不停地游走回旋，恰如海底奔腾的游龙。

就在少年的身边，以白石为中心的数步之外，正聚集起越来越多的走兽，虎、豹、熊、狼、猿、狸、兔……或蹲，或伏，或立，或爬，虎挨着兔，猿挨着熊，低眉顺耳，就这么静静地待在那里，凝望着这个正在醉心吹奏的少年，浑不顾天边的闪电与惊雷……

这一晚，借着那股流水般的力量，小言终于将这曲别扭难奏的《水龙吟》酣畅淋漓地吹了出来！

只是，随着音符流淌而出，小言懵懂间隐隐地感到，身体里那股支撑着

玉笛神雪的流水已经越来越弱,越流越细,到整个曲子快要完结之前,正沉浸在无上境界中的小言却"看到"流水已然干涸!

霎时间,小言只觉得突若有千针万刃只在骨髓之中刮刺,痛楚万端。

更可怕的是,他感觉到似乎自己全身的血肉,都要顺着流水的最后一丝余韵,向那笛中流去,任凭自己如何努力却止都止不住……

值此危急之时,又是马蹄山上这块奇异的白石救了小言。

正当小言自觉即将人神俱灭之际,他身后所倚这块顽石,又像上次那样,忽地传来一股沛然之力,汩汩然绵延不绝。

对这股力量,小言现在已是再熟悉不过了,正是那救命的太华道力!

于是这一曲旷古绝今的《水龙吟》,便奇异地圆满完结了!

当最后一个音符消散在夜空中后,头顶上酝酿已久的惊雷闪电,忽然朝着小言扑面而来,只在一个刹那,所有电光便在小言头顶贯穿而过,消逝无踪。

那一刻,原本喧嚣的天地,重又归入沉寂……直到、直到小言身后的白石突然间化作漫天的粉末,纷纷扬扬、飘飘洒洒在这天地之间,似那风乘雪舞,又似那花飘如雪。而在"雪花"飞起的地方,有一把修长的古剑,正散发着幽幽的光芒……

正是:

千载光阴弹指过,

一剑十年信手磨。

潜心炼得凌霄魄,

还不若岭头闲坐。

第二十一章
剑舞秋雷，四壁如闻虎啸

在那个草木凋落的深秋，在那个本应平凡无奇的夜晚，却有一场莫名的神秘颤悸，涌动在饶州城外郊野的丛林与天空之中。

引发这场律动的主角——少年张小言，现在正临风伫立在马蹄山丘的岭头上，闭目不语。

只是，看上去似乎神色如常的小言体内却正承受着一种难以言表的苦楚：助他吹完那曲《水龙吟》的外来太华道力，现在似乎仍余力甚多，正在他身体中沿经顺脉到处流动，却又千丝万缕，毫无章法可循。

虽然，现在这状况已比方才好了许多，不似那番万刀剜心般的险恶情状，但在这本应熟悉的四处漫流的奇异感觉中，却仿佛又新带了些细微的刺儿，在荡涤小言全身的同时，不免让少年颇生痒郁难熬之感。

待这奇异感觉流转了几周天之后，所有的太华道力似乎不约而同地汇聚到小言喉旁的人迎之穴。霎时间，小言只觉得全身一阵翻腾，那种持续了很久的抑郁，似乎终于寻着了一个奔腾宣泄的口子，只听得一声清亮澄澈的长啸，从仰天而立的小言口中夺关而出，回荡在空阔寂寥的天野之间。

小言这声跌宕起伏、张扬无忌的长啸，似上可达天穹，下可入地府，奔腾澎湃，余音缭绕。一时间山鸣谷应，经久不绝……

喊完这一嗓子，小言只觉着自个儿身体里的那股力量，再也不见踪迹，只剩得灵台格外澄澈与空明。

"怎么又是这样？先苦后甜。这事以后可千万少来找我！"

小言心里虽然这么埋怨着，但其实倒真没怎么往心里去。

也许小言自己也不知道，虽然他个性开朗、乐观、随和，但骨子里渗着一股坚忍、无畏的脾性。所以，他才还敢倚在曾经发生那般怪诞异象的马蹄山白石上。也正因为如此，今天他才能在鬼门关前溜达了一圈儿后，又捡回一条性命。

只是，经历过这一场奇异，似乎已经脱离了危险的小言，还没来得及缓过劲儿来，却又很不幸地遭遇上了另一场不测。

正当仰天长啸的啸音刚落之际，一直自以为是独自一人的小言，却听得耳畔身遭猛然响起一阵子古怪宏亮的轰鸣！

被吓了一大跳的小言，赶紧瞪大双眼朝周围仔细打量，这一打量不要紧，直被吓得毛骨悚然，身子往后倏然急退，一个不防便被绊倒在地！

原来，直到此时小言才发觉，原本空旷寂寥的马蹄山顶，不知何时竟聚集起这么多山中走兽，正在对着自己齐声咆哮。虎啸狼嚎豹吼之声，在荒天山野之间滚动翻腾，奔宕不绝。整个山谷，刹那间似乎都沸腾了起来！

也难怪少年小言吃这一吓。任谁猛然发现一大堆野兽对着自己狂吼，都会被吓得屁滚尿流！特别是见到这些野兽中还不乏猛兽！小言只是退了几步，跌上一跤，已算是镇静非常了。

跌坐在地的小言，仓促间随手摸起身旁绊倒自己的物事，懵懂间只觉着是一根棒子，便拿右手死握住棒的柄头，横在胸前——虽然，这本能的举动估计也是无济于事，但值此危急时刻拿来壮胆，却也是聊胜于无。

惶急万分的小言此时心中这个懊恼啊。

"我真是吃饱了没事干,咋会想起跑到这荒郊野地里来练笛呢?! 若是就在自家近旁练曲,哪会像现在这般? 恐怕是我笛声太噪,扰了这些猛兽的好梦,以致都一齐跑来将我围住,顺便把我当夜宵吃了!"

小言此时悔恨无比,心说这次定要成为虎狼腹中之物了。

只是,稍停了一会儿,正在自怨自艾的小言却惊奇地发现,那些将自个儿团团围住的兽畜见自己跌坐在地上,俱参差不齐地停住吼啸,并不上前撕咬,只是不住地用灼灼兽目注视着他。

"怪哉! 我怎会有一种荒唐的感觉? 眼前这些野兽,怎么竟似乎对自己没啥恶意?!"

真是怪事年年都有,只是这俩月特别多!

不过,虽然心里琢磨着挺像这么回事,小言却丝毫不敢起逃跑之心。因为他这个熟谙野兽习性的山野少年,知道人与这些山兽近在咫尺之时,最忌讳的便是转身逃跑,反而面对面对峙着,倒至少还可放手一搏,或许还能有一线生机。

正在小言进退维谷之际,却突然隐隐听得远处传来一声接一声的呼喊:"小言——! 小言——!"

听得这声音,惶惑的小言立马精神一振,赶紧朝声音传来的方向看去。

以现在绝佳的目力,小言远远看到黑黝黝的山野地里,有一点如豆的火光跳荡飘摇,正在渐行渐近!

"啊!!!"见到这丝光亮,小言突然如同被毒蝎蜇了一般,猛然跳了起来。原来,他听出这一声接一声的呼喊,正是他爹爹和娘亲的声音!

这一刻,小言心中便似锅中水沸开了一般,再也顾不得了,一句话也不搭腔,跳起来便往相反的方向冲去!

此时小言心中只有一个念头:"死就死吧! 孩儿不孝,这养育之恩只有来生再报!"

跳梁奔跃之间,小言胡乱挥舞着那根随手扒拉来的棍子,浑不觉自己在舞动之间似有一丝光华闪动。

正在随时等待猛兽扑来风响的小言,却渐渐惊奇地发现,自己所到之处,那些个平素凶猛无比的虎豹熊罴,竟是不约而同地向旁边闪躲,似是……似是对他有些畏惧,唯恐避之不及!

"咦? 我怎会有这种荒诞的想法?!"小言检讨着自己,"难道这是死之将近产生的幻觉?"

不过,小言毕竟是个机灵聪敏的少年,立马便判断出,这些围着他的各色走兽竟真个是对他毫无恶意!

"怪哉!"这已是今晚小言不知第几次不由自主在心中模仿季老学究那文绉绉的语气了。

不过,虽然如此想,但毕竟仍是身在险境,机敏的小言绝没有闲工夫去品评揣摩,脚下更是丝毫不敢有半分停留。只见他身形不住奔跃闪动,一溜烟蹿出了山兽们的"包围圈",仓皇逃下山去!

待得奔出好远,张小言才略略停下来喘了口气。确信身后并无野兽追来后,小言赶紧绕着小道,深一脚浅一脚地奔到前来寻他的爹娘跟前,尽快将他们在半道截回。

这一路上,小言也不知道滚了多少跤,吃了多少荆棘的戳刺! 心急如焚的他只管撒开两条腿,忙不迭地奔走,终于来得及在半道上将前来寻他的爹娘截住。

原来,老张头夫妇正是看见天上风云突变,心里担心去了马蹄山顶练笛的小言,生怕会出什么意外。于是,夫妻俩便拢起一束松油火把,由老张头举着,不顾黑夜中山高草深,一齐来马蹄山山顶上找寻。

呵!谢天谢地!终于又让他们看到自己那活蹦乱跳的孩儿安然无恙地回来了!

见到自个儿成功地在爹娘上得山顶之前将他们拦下,一直绷紧了心弦的小言整个人立时都松懈了下来。

直到这时,小言才发觉,经过刚才那一通没命的奔跑,浑身上下都酸疼不已。

疲惫的小言只好拄着刚才顺手拾来的棍子,扶住老张头的肩膀,深一脚浅一脚地回到自家茅屋之中。这正是:

有奇石,

容我卧,

突兀雄心千万叠,

唯有青山似我:

一声长啸,

龙吟虎啸!

图书在版编目(CIP)数据

四海为仙1：鄱阳斗凶妖 / 管平潮著 . —杭州：
浙江文艺出版社，2021.8
ISBN 978-7-5339-6535-8

Ⅰ.①四… Ⅱ.①管… Ⅲ.①长篇小说—中国—当代
Ⅳ.①I247.5

中国版本图书馆CIP数据核字（2021）第115414号

选题策划　关俊红
责任编辑　关俊红
营销编辑　宋佳音
封面设计　仙境 WONDERLAND Book design
版式设计　吴　瑕
封面绘图　谭明-ming
内文绘图　南宫阁
责任印制　张丽敏

四海为仙1：鄱阳斗凶妖

管平潮　著

出版　浙江文艺出版社
地址　杭州市体育场路347号
邮编　310006
电话　0571-85176953（总编办）
　　　0571-85152727（市场部）
制版　浙江新华图文制作有限公司
印刷　杭州杭新印务有限公司
开本　710毫米×1000毫米　1/16
字数　141千字
印张　11
插页　2
版次　2021年8月第1版
印次　2021年8月第1次印刷
书号　ISBN 978-7-5339-6535-8
定价　40.00元